Renate & Uwe H. Sueltz

AF187683

THE SICKLE KILLER

Der Sichelmörder und weitere Horror-Kurzgeschichten

The sickle killer and other horror short stories

BoD - Books on Demand

Norderstedt, Germany 2019

Bibliografische Information durch die Deutsche Nationalbibliothek

Die Deutsche Nationalbibliothek verzeichnet diese Publikation in der Deutschen Nationalbibliografie; detaillierte bibliografische Daten sind im Internet über http://dnb.dnb.de abrufbar.

With larger font!

Sueltz Books
INTERNATIONAL

Dear readers and friends! We, Renate and Uwe H. Sültz, are absolute newcomers to English books. Hopefully, Google Translate will do its job well. However, we correct the punctuation. We would like to be read. If you have forgotten the reading glasses, that does not matter, because SUELTZ BOOKS are printed in large letters. Thank you for your interest
Renate & Uwe H. Sültz

Herstellung und Verlag: BoD – Books on Demand, Norderstedt, Germany

ISBN 9-78374-9-48358-7

MISSION X

Renate Sültz
Uwe H. Sültz

In German on the left side.
In English on the right side.
In search of what was before the big bang!
11 more science fiction short stories!

Inhalt:

06: **Der Sichel-Mörder Teil** 1

18: **Der Sichel-Mörder Teil** 2

38: **Die Erfindung des Körper-Transporters**

46: **Alptraum**

56: **Das Haus am See**

64: **Ausverkauf**

74: **Das Auge**

82: **Das Unheil kam aus dem Labor**

98: **Der Opfergang**

114: **Der Ring – Die Welt der Tepto**

122: **Der Schrecken der Nacht**

146: **Die Eigenarten des Frank Berger**

162: **Die Kathedrale des Grauens**

170: **Die Puppe**

178: **Hier wirst du nicht alt**

190: **Roswell war gestern**

198: **Der Sichel-Mörder Teil** 3

Content:

07: **The sickle-killer part 1**

19: **The sickle-killer part 2**

39: **The invention of the body transporter**

47: **Nightmare**

57: **The house at the lake**

65: **Sale**

75: **The eye**

83: **The disaster came from the lab**

99: **The sacrifice**

115: **The Ring - The World of Tepto**

123: **The terror of the night**

147: **The quirks of Frank Berger**

163: **The Cathedral of horror**

171: **The doll**

179: **You will not grow old here**

191: **Roswell was yesterday**

199: **The sickle-killer part 3**

Der Sichelmörder Teil 1

Es war das Jahr 1896 in London …

Unheimliche Nebelschwaden legten sich über die Stadt. Es trieben sich unzählige zwielichtige Gestalten in der Stadt herum. Elektrische Laternenbeleuchtung gab es noch nicht. Straßen und sogar kleinere Nebenstraßen waren mit dickem Kopfsteinpflaster überzogen. Schritte im Dunkeln konnte man sehr deutlich hören. Bei diesem dicken Nebel war es gruselig in der Nacht.

An einem Freitagabend gegen 21 Uhr, es war wie gesagt kalt und neblig, hielt eine Kutsche genau vor dem Pub von Andree Stone. Ein hagerer Mensch, ganz in Schwarz gekleidet, stieg aus dem Pferdewagen. Er bewegte sich langsam, es war unheimlich anzusehen.

Andree Stone, der Wirt, war ein biederer, alter Mann, der die letzten Jahre in seiner beliebten Bierstube verbringen wollte. So konnte er sich noch ein paar Pfund Sterling verdienen, um die Unkosten des Pubs begleichen zu können. Er rechnete nicht damit, dass um diese Zeit noch ein Gast kam. Heftig pochte dieser an die Scheibe des kleinen Fensters. Wortlos öffnete der Wirt die Tür und deutete mit einer Handbewegung an, dass eingetreten werden kann. Auch dieser suspekt wirkende Herr sprach nicht.

The sickle murderer part 1

It was the year 1896 in London ...

Eerie clouds of mist covered the city. There were countless shady figures floating around the city. Electric lantern lighting did not exist yet. Roads and even smaller side streets were covered in thick cobblestones. Steps in the dark could be heard very clearly. It was scary in the night with this thick fog.

On a Friday night around 9pm, it was cold and foggy as I said, a carriage pulled up in front of Andree Stone's pub. A gaunt man, dressed in black, got out of the horse-drawn carriage. He moved slowly, it was scary to look at.

Andree Stone, the landlord, was a down-to-earth, old man who wanted to spend the last few years in his beloved pub. So he could still earn a few pounds sterling to pay the expenses of the pub can. He did not expect that a guest came at this time. It thumped against the window of the small window. Without a word, the innkeeper opened the door and indicated with a wave of his hand that it could be entered. Even this suspicious-looking gentleman did not speak.

Die schwarze Kleidung und der schwarze Hut, der weit ins Gesicht hing, machte Andree Stone Angst. Außerdem trug der Herr einen schwarzen Koffer mit sich, den er fest in seiner linken Hand hielt. Um Mitternacht war der Pub immer noch durch die zahlreichen Gaslaternen hell beleuchtet. Irgendwann muss der in Schwarz gekleidete Herr den Pub wieder verlassen haben. Niemand hat ihn gesehen … niemand weiß, was sich im Pub abgespielt hat.

Gegen Morgen des folgenden Tages brachte der Zeitungsbote die Daily Mail in den Pub. Der Bote klopfte wie immer an die Tür. Stone rief aber nicht „komm' herein in die gute Stube". Vorsichtig öffnete der Bote die Tür zum Pub. „Herr Stone! Ihre Daily Mail ist hier!", rief er. An der Theke angekommen bemerkte er, dass er in irgendetwas Glitschiges getreten hatte. Der Bote blickte auf den Boden und erschrak. Andree Stone lag in seinem Blut. Der Kopf, Arme und Beine lagen abgetrennt neben dem Torso. Das Blut war komplett aus seinem Körper gelaufen und bildete eine entsprechend große Blutlache.

Von der Polizeiwache, 26 Old Jewry, kam der Beamte Jack Harris in den Pub. Jack Harris drehte sich mit einem verzerrten Gesicht um, als er den Toten sah. Sein Mageninhalt drohte sich selbstständig zu machen. So etwas Grausames hatte er in seiner gesamten Laufzeit als Kripobeamter nicht gesehen.

The black dress and the black hat that hung in the face scared Andree Stone. In addition, the gentleman carried a black suitcase, which he held firmly in his left hand. At midnight, the pub was still lit by the numerous gas lanterns. At some point, the man dressed in black must have left the pub again. Nobody saw him ... nobody knows what happened in the pub.

Towards the following morning, the newspaper courier brought the Daily Mail to the pub. The messenger knocked on the door as usual. But Stone did not call "come in the pub". Carefully, the messenger opened the door to the pub. "Mr. Stone! Your Daily Mail is here!", he shouted. Arrived at the bar, he noticed that he had stepped into something slippery. The messenger looked down at the floor and started. Andree Stone was in his blood. The head, arms and legs were separated from the torso. The blood had completely run out of his body and formed a correspondingly large pool of blood.

From the police station, 26 Old Jewry, Officer Jack Harris came to the pub. Jack Harris turned with a distorted face as he saw the dead man. His stomach contents threatened to become self-dependent. He had not seen such a cruel thing in his entire term as a criminal official.

In einer exakt gerade geschnittenen Linie wurden dem Pub-Besitzer der Kopf und die übrigen Gliedmaßen abgetrennt.

In den darauf folgenden Monaten wurden noch viele Morde gemeldet, die diesem Mord gleich kamen. Immer wieder fanden Kommissar Harris und seine Kollegen zerstückelte Leichen. Es gab aber kein Muster. Niemand wusste, wer das nächste Opfer werden würde. Es traf sogar den armen Daily Mail-Boten. In einer Nebengasse suchte sich sein Blut in den Fugen des Kopfsteinpflasters einen Weg zum Abwasserkanal. Eine Prostituierte ist diesem unheimlichen Mörder ebenfalls zum Opfer gefallen. Ihr nächster Freier bekam einen Nervenzusammenbruch, als er Arme und Beine in der Wohnung verteilt liegen sah. Das Bett der Prostituierten war Blutrot gefärbt … die Matratze völlig durchnässt. Und in einem Fall wurde der Mord entdeckt, weil durch den Holzboden Blut in die darunterliegende Wohnung tropfte. Der getötete war ein Apotheker. Wie gesagt, es ließ sich kein Zusammenhang herstellen.

Kommissar Harris setzte sich mit seinen Kollegen an einen Tisch. Die Ratlosigkeit in ihren Gesichtern sprach Bände. Der Täter hinterließ in keinem der Mordfälle eine Signatur. Lediglich ahnten sie, dass es sich bei der Mordwaffe um etwas Größeres als um ein Messer handeln musste.

In an exactly straight cut line, the pub owner's head and other limbs were severed.

In the following months, many murders were reported, which came close to this murder. Again and again, Commissioner Harris and his colleagues found dismembered bodies. There was no pattern. Nobody knew who would be the next victim. It even hit the poor Daily Mail messenger. In a side street, his blood sought a way to the sewer in the cobblestones. A prostitute has also fallen victim to this sinister murderer. Her next suitor had a nervous breakdown when he saw his arms and legs spread around the apartment. The bed of the prostitutes was blood red dyed ... the mattress completely soaked. And in one case the murder was discovered because blood dripped through the wooden floor into the apartment below. The killed was a pharmacist. As I said, no connection could be made.

Officer Harris sat down with his colleagues at a table. The helplessness in their faces spoke volumes. The perpetrator did not leave a signature in any of the murder cases. Only they knew that the murder weapon had to be something bigger than a knife.

Arme und Beine mussten mit einem Hieb abgetrennt worden sein, so sauber war der Schnitt. Man einigte sich auf die Akte „Sichel-Mörder". Irgendwann legte man diese Mordfälle vorläufig zu den Akten. Vergessen wurden sie natürlich nicht.

London 1991 …

Eine Sichel war es in der Tat. Die Sichel war goldfarben und hatte einen blutroten Griff. Steven Miller bekam sie von seinem verstorbenen Großvater geschenkt. Er brachte die Sichel aus Bosten, USA, mit nach Großbritanien. Damals sagte er zu ihm: "Mein Junge, diese Sichel ist etwas Besonderes. Wenn du sie sorgfältig behandelst, wird sie dir Glück bringen. Solltest du sie aber vergessen und nicht mehr wissen, dass sie in deinem Besitz ist, wirst du das Unheil kennenlernen. Deine Seele verändert sich und du bist nicht mehr der, der du mal warst." Steven konnte nicht glauben, was der Großvater da von sich gab. Die Sichel war aber so faszinierend schön, dass gleichzeitig etwas Magisches, aber auch etwas Grausames von ihr ausging. In einem mit rotem Samt ausgelegenen Koffer überreichte der Großvater Steven die Sichel. Tatsächlich vergaß der junge Mann im Laufe der Zeit, dass er sie besaß.

Doch eines Tages erinnerte er sich wieder an die Sichel. Er begab sich auf den Speicher seines Hauses und dachte an seinen Großvater.

Arms and legs had to be cut off with a blow, so clean was the cut. They agreed on the file "sickle murderer". At some point, these murders were temporarily filed. Of course they were not forgotten.

London 1991 ...

It was indeed a sickle. The sickle was golden and had a blood red handle. Steven Miller got it from his deceased grandfather. He brought the sickle from Boston, USA, to the UK. At that time, he said to him: "My boy, this sickle is special, and if you treat it carefully, it will bring you luck, but if you forget it and no longer know it is in your possession, you will know the evil Your soul is changing and you are not the one you used to be." Steven could not believe what his grandfather was saying, but the sickle was so fascinatingly beautiful that it was both magical and cruel Grandfather Steven presented the sickle in a suitcase covered in red velvet, and in fact the young man forgot over time that he had it.

But one day he remembered the sickle again. He went to the store of his house and thought of his grandfather.

Er erinnerte sich wieder an die Worte seines Großvaters. Vorsichtig nahm er sie aus dem Koffer und versuchte den alten Glanz wieder herzustellen, den die Sichel einst besaß. Doch es ging nicht mehr. Sie blieb stumpf und rostig. Doch noch etwas anderes fiel Steven auf. Er merkte, dass mit ihm etwas geschah. In seinem Körper ging etwas vor sich, dass ihm gar nicht gefiel. Einige Minuten später befand er sich plötzlich nicht mehr in seiner modernen Londoner Wohnung im Jahr 1995, sondern im 19. Jahrhundert. Jetzt lebte er in einer ärmlich eingerichteten Stube, die sich über einem Krämerladen befand. Sein verschlissener, schwarzer Mantel hing ordentlich an der Zimmertür. Steven war immer wieder von oben bis unten mit Blut beschmiert, doch er schlief tief und fest. Als er erwachte, wurde ihm klar, dass er sich wieder in den Fängen dieser grausamen Sichel befand. Es wurde ihm übel, auch sein schwaches Herz machte nicht mehr lange mit. Was hatte er nur jetzt wieder getan? Jedes Bemühen, sich aus diesem Horrortraum zu befreien schlug fehl. Der junge Mann konnte nicht wieder gut machen, was er getan hatte. Seine moderne Londoner Wohnung ließ ihn zeitweise auf andere Gedanken kommen. Der Koffer mit der Sichel stand im Flur. Immer deutlicher wurde ihm klar, dass er sich in den Armen eines Dämons befand.

He remembered his grandfather's words again. Carefully, he took her out of the suitcase and tried to restore the old sheen that the sickle once possessed. But it did not work anymore. She remained dull and rusty. But something else struck Steven. He realized that something was happening to him. Something was going on in his body that he did not like. A few minutes later he was suddenly no longer in his modern London apartment in 1995, but in the 19th century. Now he lived in a poorly furnished room, which was above a grocer's shop. His worn, black coat hung neatly on the door. Steven was repeatedly covered in blood from top to bottom, but he was fast asleep. When he awoke, he realized that he was back in the clutches of this cruel sickle. He felt sick, even his weak heart did not take much longer. What had he done now? Any effort to break free from this horror room failed. The young man could not make up for what he had done. His modern London apartment made him temporarily change his mind. The suitcase with the sickle stood in the hallway. He realized more and more clearly that he was in the arms of a demon.

Ein Entkommen war nicht möglich. Das war er doch nicht er, der da mordete … nein, das war er wirklich nicht. Es war die Sichel … war es der Geist der Sichel? Kaum das sich Steven etwas von seiner letzten Tat erholen konnte, fing alles wieder von vorne an. Innerhalb weniger Sekunden befand er sich immer wieder im nebeligen London des 19. Jahrhunderts wieder. Er trug diesen langen, schwarzen Mantel. Die Krempe seines Hutes verdeckte sein komplettes Gesicht. Wie von Geisterhand gesteuert, öffnete er die Tür seines Zimmers und ging leise die Treppe hinunter. Seine Vermieterin sollte nichts merken. Er verschonte sie sogar. Wieder mordete er in vielen unheimlichen Nächten. Er zerstückelte seine Opfer immer wieder. Niemals hinterließ er eine Signatur.

Im Jahr 1896 …

In einer Nacht aber streikte sein krankes Herz. Man fand Steven Miller tot neben seinem Opfer liegen. Kommissar Jack Harris fand die Toten. Die ungelösten Mordfälle hatten sich nun endlich von alleine gelöst. Vorsichtig wurde die Horrorsichel verpackt und dem hiesigen Metropolitan Police Crime Museum übergeben. Niemand wusste, welche dämonischen Kräfte in dieser Sichel steckten.

An escape was not possible. That was not him he was the one who murdered ... no, he really was not. It was the sickle ... was it the sickle of the sickle? As soon as Steven could recover something from his last act, everything started again from the beginning. Within a few seconds he was again and again in the foggy London of the 19th century. He wore this long, black coat. The brim of his hat covered his entire face. As if by magic, he opened the door of his room and went quietly down the stairs. His landlady should not notice. He even spared her. Again he murdered on many eerie nights. He dismembered his victims again and again. He never left a signature.

In 1896 ...

One night, however, his sick heart went on strike. Steven Miller was found dead next to his victim. Officer Jack Harris found the dead. The unsolved murder cases had finally resolved on their own. Carefully, the horror sickle was packaged and handed over to the local Metropolitan Police Crime Museum. No one knew what demonic powers were in this sickle.

Der Sichel-Mörder Teil 2

New Scotland Yard - Metropolitan Police Crime Museum – 1967

Ein Umzug in größere Räume stand an. Das sogenannte Schwarze Museum beinhaltete viele Mordinstrumente, die von jedem Polizisten angesehn werden konnte. Verantwortlich für den Umzug war Polizist Jack Gordon. Als er die Sichel mit dem blutroten Griff nehmen wollte, löste diese sich aus der Verankerung und durchtrennte den Daumen von der Hand Gordons. Dieser Augenblick reichte aus, dass die Sichel das Böse zu Gordon übertrug. Er schrie nicht vor Schmerzen. Jack Gordon nahm die Sichel mit der anderen Hand und legte sie in seinen Aktenkoffer. Der Daumen verblieb im Glaskasten. Mit einem Taschentuch stillte er die Blutung. Er verlor sehr viel Blut. Mit letzter Kraft warf er den Aktenkoffer am Themse Weg in den Fluss. Er schaffte es noch bis in die Kirche „St. Edmund Church". Danach brach der Polizist zusammen und starb. Untersuchungen des Blutes im Daumen und im Körper ergaben, dass das Blut schwarz war und ohne Sauerstoff.

The sickle-killer part 2

New Scotland Yard - Metropolitan Police Crime Museum - 1967

A move to larger rooms was required. The so-called Black Museum contained many murderous instruments that could be viewed by any police officer. Responsible for the move was policeman Jack Gordon. When he wanted to take the sickle with the blood-red handle, this broke from the anchorage and severed the thumb of Gordon's hand. That moment was enough for the sickle to transfer the evil to Gordon. He did not scream in pain. Jack Gordon took the sickle with the other hand and put it in his briefcase. The thumb stayed in the glass case. He stopped the bleeding with a handkerchief. He lost a lot of blood. With his last strength he threw the briefcase along the Thames path into the river. He made it to the church "St. Edmund Church". After that, the policeman collapsed and died. Examinations of the blood in the thumb and in the body showed that the blood was black and without oxygen.

Boston, Massachusetts, 1981

Linda Evans spielte am Strand in der Nähe des Yacht Clubs in Boston. Ihre Eltern Ben und Liv Evans verhandelten gerade mit dem Besitzer des Yacht Clubs über einen Wochenendausflug mit einer Motoryacht. Das Geschäft wurde besiegelt. „Linda! Kommst du bitte! Wir wollen fahren!", rief Vater Ben. „Dad, schau einmal, was ich gefunden habe!", rief Linda. Ben und Liv staunten nicht schlecht, denn ihre Tochter fand einen verschlossenen Aktenkoffer. „Na, wenn das das große Los ist, dann brauchen wir die Yacht nicht zu mieten, dann kaufen wir sie gleich.", flachste Ben. „Glaubst du wirklich, da sind Dollar im Koffer?", fragte Liv. „Ich weiß es nicht. Wir nehmen den Koffer erst einmal mit. Er muss zuerst trocknen.", antwortete Ben. Fröhlich fuhr die Famile zuerst zu McDonnalds, dann ging es nach Hause. Sie wohnten in Westminster, Massachusetts. Das Haus lag mitten im Wald. Liv liebte ihren Kräutergarten. Ben seinen alten Mustang, an dem er jede freie Minute arbeitete. „Was war eigentlich im Aktenkoffer?", fragte Liv ihren Ehemann. „Oh, gut, dass du fragst. Ich weiß es nicht. Wir schauen zusammen hinein." Der Aktenkoffer lag nun bereits eine Woche im Auto. Sie brachen das Schloss auf und fanden eine stark verrostete Sichel. „Na, das war wohl nichts mit der Million Dollar.", sagte Ben ganz enttäuscht. „Macht nichts. …

Boston, Massachusetts, 1981

Linda Evans played on the beach near the Yacht Club in Boston. Her parents Ben and Liv Evans were negotiating with the owner of the yacht club over a weekend trip with a motor yacht. The business was sealed. "Linda! Will you come, please? We want to drive!", Father Ben shouted. "Dad, look what I found!", called Linda. Ben and Liv were amazed because their daughter found a locked briefcase. "Well, if that's the big deal, then we do not need to rent the yacht, then we'll buy it right away.", Ben said. "Do you really think there are dollars in the suitcase?", Liv asked. "I dont know. We take the suitcase with us first. He has to dry first.", Ben answered. The family first drove to McDonnalds, then went home. They lived in Westminster, Massachusetts. The house was in the middle of the forest. Liv loved her herb garden. Ben his old Mustang, where he worked every free minute. "What was in the briefcase?", Liv asked her husband. "Oh, good that you ask. I dont know. We'll look in together." The briefcase had already been in the car for a week. They broke the lock and found a heavily rusted sickle. "Well, that was probably nothing like the million dollars.", Ben said quite disappointed. "Never mind. …

Ich kann die Sichel gut für meinen Kräutergarten gebrauchen. Restaurierst du sie mir?" „Eine neue Sichel wäre günstiger." „Ach nein, dieser Fund erinnert mich immer an den herrlichen Ausflug." Ben legte die Sichel in das Gartenhaus. Hier waren Werkzeuge und Ersatzteile für den Mustang gelagert. Wochen später wollte Ben die Sichel auf Hochglanz bringen. Irgendwie gelang es ihm aber nicht. Kaum glänzte sie, war sie am nächsten Tag wieder matt. Wütend warf er sie in die Ecke. Die Sichel prallte von der Wand ab und traf Liv am Oberschenkel. Liv wollte ihren Ehemann mit einer Limo überraschen. Ben zog die Sichel aus dem Bein. Sofort fuhr die Familie ins Heywood Hospital. Liv wurde behandelt. Erleichtert kehrten sie im Westminster Cafe ein.

Tage Später nahm Liv den Verband ab. Sie und ihr Ehemann erschraken, denn um die Verletzung herum verfärbte sich die Haut schwarz. Ben rannte wütend zum Gartenhaus. Er nahm die Sichel und schlug mit einem Hammer auf sie. Wieder fuhren sie ins Hospital. Liv musste nun stationär behandelt werden. Ben und seine Tochter fuhren zurück. Erschöpft legte sich Ben in die Hängematte auf die Terasse. Linda spielte im Garten. Sie kam dem Gartenhaus immer näher. Nun waren es wenige Meter bis zur Tür. „Ich spiele jetzt verstecken mit meiner Puppe!", rief sie. Vater Ben war eingeschlafen. „Suche mich doch! Wo bin ich?" Linda versteckte sich im Gartenhaus.

I can use the sickle well for my herb garden. Will you restore me?" "A new sickle would be cheaper." "Oh no, this find always reminds me of the wonderful trip."

Ben put the sickle in the garden shed. Here tools and spare parts for the Mustang were stored. Weeks later, Ben wanted to bring the sickle to a shine. Somehow, he did not succeed. As soon as she shone, she was dull again the next day. Angrily, he threw her in the corner. The sickle bounced off the wall and hit Liv on the thigh. Liv wanted to surprise her husband with a soda. Ben pulled the sickle out of his leg. Immediately, the family drove to Heywood Hospital. Liv was treated. Relieved, they returned to the Westminster Cafe.

Days Later, Liv removed the bandage. She and her husband were startled, because around the injury, the skin turned black. Ben ran angrily to the garden shed. He took the sickle and hit it with a hammer. Again they drove to the hospital. Liv now had to be hospitalized. Ben and his daughter drove back. Exhausted, Ben lay down in the hammock on the terrace. Linda played in the garden. She came closer and closer to the garden shed. Now it was only a few meters to the door. "I'm playing hide and seek with my doll!", she shouted. Father Ben had fallen asleep. "Find me! Where am I?"

Linda hid in the garden shed.

Es blitze eine funkelnde Sichel auf. „Oh, die ist aber schön. Dad hat sie bestimmt für Mum poliert. Ich bringe sie ihm." Linda rannte mit der Sichel zu ihrem schlafenden Vater. Auf den Stufen kam sie ins Straucheln. Mit voller Wucht traf die Sichel ihren Dad mitten ins Herz. Er war sofort tot. Linda stürzte gegen einen Holzbalken, ihr Genick war gebrochen. Sie starb nur Minuten später. Ben blutete stark. Das Blut tropfte auf die Terasse. Es verfärbte sich schwarz. Im Hospital kämpften die Ärzte mit einer Blutvergiftung bei Liv. Sie verloren den Kampf, Liv starb.

… … …

Die Erben boten das Haus zum Kauf an. Zwei Brüder, Jack und Bill Miller, kauften das Haus. Bills Ehe war gescheitert. Seine Ex-Frau nahm sich vor Jahren das Leben. Als sie in das Manhattan Psychiatric Center eingeliedert wurde, schrie sie immer noch, dass die ganze Familie sterben würde. Olivia litt schon lange unter Wahnvorstellungen. Bills und Olivias gemeinsamer Sohn zog bereits früh aus dem Elternhaus. Er studierte in New York, heiratete eine gute Frau und sie bekamen einen Sohn … Steven … Steven Miller. Erst nach Olivias Tod wurde festgestellt, dass Olivias krankheit erblich bedingt ist. Nachfahren können ebenfalls daran erkranken.

It flashes a sparkling sickle. "Oh, that's nice. Dad has definitely polished her for Mum. I'll bring it to him." Linda ran the sickle to her sleeping father. On the steps she stumbled. With full force the sickle hit her dad right in the heart. He died instantly. Linda crashed into a wooden beam, her neck broken. She died only minutes later. Ben was bleeding heavily. The blood dripped onto the terrace. It turned black. At the hospital, the doctors were struggling with blood poisoning at Liv. They lost the fight, Liv died.

... ...

The heirs offered the house for sale. Two brothers, Jack and Bill Miller, bought the house. Bill's marriage had failed. His ex-wife took his own life years ago. When she was admitted to the Manhattan Psychiatric Center, she still screamed that the whole family would die. Olivia suffered for a long time under delusions. Bill and Olivia's son, who was a son, left home early. He studied in New York, married a good wife and they had a son ... Steven ... Steven Miller. It was only after Olivia's death that it was discovered that Olivia's disease was hereditary. Descendants may also get sick.

Jack und Bill richteten das neu erworbene Haus ein. Jack, der nie verheiratet war, kümmerte sich mehr um den Garten.

„Hier war wohl einmal ein Kräutergarten. Den werde ich wieder neu anlegen. Es lag sogar eine Sichel im Schuppen.", sagte er zu seinem Bruder. Sein Bruder Bill erfreute sich über herrliche Ölgemälde, aber auch darüber, dass Jack Kräuter pflanzen wolle. Bill kocht für sein Leben gern und dazu kann er Kräuter gut verwenden. „Ich nahm immer eine Schere zum abschneiden der Kräuter.", schlug Bill vor.

Die Zeit verging. Alles schien zur besten Zufriedenheit. Eines Tages kam Jack mit einer Schnittwunde ins Haus. An der linken Hand hing der Daumen in Fetzen an der Hand. In der rechten Hand hatte er blutverschmierte Kräuter. „Hier habe ich frische Kräuter, Bill." „Jack!", schrie Bill auf, „was ist passiert?" „Ach, das wird schon wieder.", nuschelte Jack. Sofort fuhren sie ins Heywood Hospital. Der Daumen konnte nicht gerettet werden. Er war schon schwarz und ohne Leben.

Mit der Zeit veränderte sich Jack. Jeden Tag sah Bill aus dem Fenster. Jack war im Garten und schlug mit der Sichel wild um sich. Es schien so, als würde sein Bruder in einer anderen Welt leben.

Jack and Bill set up the newly acquired house. Jack, who was never married, cared more about the garden.

"Here was probably once a herb garden. I will create it again. There was even a sickle in the shed.", he told his brother. His brother Bill enjoyed beautiful oil paintings, but also that Jack wanted to plant herbs. Bill likes to cook for his life and he can use herbs well. "I always took a pair of scissors to cut off the herbs.", Bill suggested.

Time passed. Everything seemed to be the best satisfaction. One day Jack came home with a cut. On the left hand the thumb hung in shreds on the hand. He had bloodstained herbs in his right hand. "Here I have fresh herbs, Bill." "Jack!", Bill shouted, "what happened?" "Oh, that will happen again.", Jack mumbled. Immediately they drove to Heywood Hospital. The thumb could not be saved. He was already black and without life.

Over time, Jack changed. Every day Bill looked out the window. Jack was in the garden, beating wildly with the sickle. It seemed his brother was living in another world.

Eines Tages besuchte der Sheriff die Brüder. „Mein Name ist Cobb, John Cobb. Ich bin Sheriff hier in Westminster. Vor zwei Tagen ist vor unserer Kirche eine tote Frau abgelegt worden. Sie beide wohnen zwar außerhalb des Tatortes, aber ich muss trotzdem nachfragen. Ich vermute, dass der oder die Täter die Frau an einem anderen Ort getötet haben. Die Autobahnabfahrt ist ganz in der Nähe. Haben sie etwas gesehen?" „Nein, ich war mit meinem Bruder auf unserem Grundstück. Hierher verirrt sich niemand. Wurde die Frau vergewalltigt? Wie sieht sie aus?", fragte Bill. „Das wollen sie bestimmt nicht wissen. Ihr Anblick war grauenvoll. Wenn sie beide mir noch Hinweise geben können, hier ist meine Karte."

Tage später fuhr Bill zum Einkauf. Hierbei erfuhr er, dass die Frau 35 Jahre alt gewesen ist. Ihr wurden Arme und Beine abgetrennt. Alles war in einem Müllbeutel zu finden. Messerscharf wurden die Gliedmaßen abgetrennt. „Wir haben es schon einmal mit einem Kettensägen-Mörder zu tun gehabt. Die Abtrennungen waren durch die Kettensäge zerfezt. Bei der Frau sah es aber so aus, als wäre eine Sense oder ein großes scharfes Messer im Spiel.", sagte der Verkäufer. „Oder es war eine Machete?", ergänzte ein Kunde. „Vielleicht eine Sichel?", fragte Bill. „Eher nicht, da muss man weit ausholen und braucht viel Kraft.", erwiderte der Verkäufer.

One day, the sheriff visited the brothers. "My name is Cobb, John Cobb. I'm Sheriff here in Westminster. Two days ago, a dead woman was dropped in front of our church. They both live outside the crime scene, but I still have to ask. I suspect that the offender or the killed the woman in another place. The motorway exit is very close. Did you see anything?" "No, I was with our brother on our property. Nobody gets lost here. Was the woman screwed up? What does she look like?", Bill asked. "They certainly do not want to know that. Her sight was horrible. If both of you can give me any hints, here is my card."

Days later, Bill went shopping. He learned that the woman was 35 years old. She was severed arms and legs. Everything was in a garbage bag. Razor sharp, the limbs were severed. "We've had something to do with a chainsaw killer before. The partitions were smashed by the chainsaw. For the woman, it looked like a scythe or a big sharp knife was involved.", the salesman said. "Or it was a machete?", added one customer. "Maybe a sickle?", Bill asked. "Not really, you have to go far and take a lot of strength.", the seller replied.

Bill kam zum Haus zurück. Jacks alter Ford stand nicht in der Garage. Er trug den Einkauf ins Haus und begann mit der Vorbereitung der Steaks. Jack kam zurück. Schnell verschwand er im Bad. „Jack! Ist alles in Ordnung?" Als Jack aus dem Bad kam, schien alles gut zu sein. Beide genossen die leckeren Steaks. Am Nachmittag pflegte Jack seinen Kräutergarten, während Bill das Haus säuberte. Im Bad ist ihm ein blutverschmiertes Handtuch aufgefallen. Ohne Bedenken steckte er es zur Schmutzwäsche.

Drei Tage später war der Geburtstag von Bill. Er lud seinen Bruder ins Cafe ein. Beide bestellten Omelett mit Speck. „Habt ihr schon vom neuen Mord gehört?", fragte die nette Serviererin. „Nein! Ist schon wieder etwas passiert?", fragte Bill erschrocken. „Im Dunn State Park ist ein älterer Mann tot und verstückelt aufgefunden worden. Er wohnte in Gardner. Teile seines Körpers trieben im Wasser. Ein Bein fehlt der Polizei noch. Wieder sind die Gliedmaßen messerscharf abgetrennt worden. Jetzt sogar der Kopf." „Gut, dass wir das Omelett schon gegessen haben. Da wird mir ganz übel. Bringe uns noch einen Whiskey.", sagte Bill. Trotzdem ließen sich die Brüder Bills Geburtstag nicht verderben. Abends gab es dann noch einen herrlichen Geburtstagsbraten. Bill fiel dabei auf, dass Jack den Braten vorzüglich und perfekt in Scheiben geschnitten hatte.

Bill came back to the house. Jack's old Ford was not in the garage. He took the purchase into the house and started preparing the steaks. Jack came back. He quickly disappeared in the bathroom. "Jack! Is everything alright?" When Jack came out of the bathroom, everything seemed fine. Both enjoyed the delicious steaks. In the afternoon, Jack kept his herb garden while Bill cleaned the house. In the bathroom he noticed a bloodstained towel. Without hesitation, he put it to dirty laundry.

Three days later, Bill's birthday was over. He invited his brother to the cafe. Both ordered omelette with bacon. "Have you heard about the new murder?", asked the nice waitress. "No! Has anything happened again?", Bill asked, startled. "In Dunn State Park, an elderly man has been found dead and mauled. He lived in Gardner. Parts of his body floated in the water. One leg is still missing the police. Again, the limbs have been razor-sharp severed. Now even the head."
"Good that we have already eaten the omelette. I'm really sick. Bring us another whiskey.", Bill said. Nevertheless, the brothers did not let Bill's birthday be ruined. In the evening there was still a delicious birthday roast. Bill noticed that Jack had the roast excellent and perfectly sliced.

Irgendwie musste er an die Morde rund um den Ort Westminster denken. Wie messerscharf doch die Gliedmaßen von den Körpern abgetrennt worden sind. Bill schüttelte sich und dachte „male dir das nicht weiter aus".

Eines Tages fuhr Jack zum Einkaufen. Zu spät bemerkte Bill, dass wichtige Zutaten fehlten um für das Wochenende gut versorgt zu sein. Jack war schon Stunden unterwegs. Bill stieg in seinen Buick und fuhr zum Vincent's Country Store. „Hat mein Bruder alles eingekauft?" „Dein Bruder war nicht bei uns, zumindest heute nicht.", anwortete der Verkäufer. Das war für Bill eigenartig, denn auf der Fahrt zum Store sah er ihn auch nicht. Nun gut, Bill suchte sich Öl, Salz und Pfeffer und stieg wieder in sein Auto. Er fuhr die Leominster Straße entlang, als ihm an der Kreuzung zum Friedhof Jack mit seinem Ford entgegen kam. Links ging es zur Autobahn, rechts nach Hause und geradeaus zum Friedhof eben. Was wollte Jack dort? Jack sah Bill nicht. Nun fuhr Bill langsam auf der Narrows Road den Friedhof entlang bis zur East Road. Dann drehte er und fuhr zurück. Am Fridhof angekommen, sah er schon den Sheriff aus dem Wagen steigen. Eine Fridhofbesucherin fuchtelte aufgeregt mit den Armen und zeigte auf ein Grab. Bill stieg aus seinem Wagen aus. Er folgte dem Sheriff. Der Sheriff blieb wortlos an einem Grab stehen.

Somehow he had to think about the killings around Westminster. How razor sharp the limbs have been separated from the bodies. Bill shook himself and thought "do not paint this for you".

One day Jack drove to go shopping. Too late, Bill noticed that important ingredients were missing to be well taken care of for the weekend. Jack had been traveling for hours. Bill climbed into his Buick and drove to Vincent's Country Store. "Did my brother buy everything?" "Your brother was not with us, at least not today.", the seller replied. That was strange for Bill, because he did not see him on the way to the store. Well, Bill was looking for oil, salt and pepper and got back in his car. He drove along Leominster Street as he met Jack at the intersection with Jack and his Ford. Left it went to the highway, right home and straight to the cemetery. What did Jack want there? Jack did not see Bill. Now Bill drove slowly along Narrows Road down the cemetery to East Road. Then he turned and drove back. When he arrived at Fridhof, he saw the sheriff getting out of the car. A Fridhof visitor excitedly waved her arms and pointed to a grave. Bill got out of his car. He followed the sheriff. The sheriff stood speechless at a grave.

Noch 15 Meter, dann war auch Bill am Grab. Noch 8 Meter …
noch 5 Meter … Bill musste sich übergeben. Vor einem
Grabstein wurden Arme und Beine aufgestapelt. Auf dem
Grabstein lag der Rest des Körpers. Das Blut floss am Grabstein
herunter. „Was suchen sie hier?", fragte der Sheriff erbost.
„Nichts, nichts, wirklich nichts.", stotterte Bill. Bill rannte zu
seinem Auto zurück. Mit durchdrehenden Reifen fuhr er nach
Hause. Sofort suchte Bill seinen Bruder. Im Haus war er nicht.
Bill rannte zum Gartenhaus. Er stieß die Tür auf und sah Jack,
wie er die Sichel putzte. „Wo warst du, Jack!", schrie Bill
seinen Bruder an. „Ich, ich, ich weiß es nicht, Bill. Bill,
irgendetwas stimmt mit mir nicht. Bitte hilf mir.", schluchzte
Jack und legte die Sichel behutsam in eine Schatulle. Das ganze
Wochenende redeten die Brüder miteinander. Ein Resultat gab
es nicht. Montags kam der Sheriff vorbei. Er wollte genau
wissen, wo sich die Brüder am Tattag auf dem Friedhof
gewesen sind. „Ich war im Vincent's Country Store. Der
Verkäufer ist mein Zeuge. Ganz in Gedanken bin ich an der
Kreuzung nicht links abgebogen, sondern geradeaus zum
Friedhof gefahren." „Warum waren sie in Gedanken?", fragte
der Sheriff. „Meinem Bruder ging es nicht gut … das Herz.", log
Bill. Der Sheriff glaubte Bill und verließ das Haus. „Jack, hast du
mir wirklich nichts zu sagen?", wollte Bill unbedingt wissen.
Von Jack kam keine Regung.

Still 15 meters, then Bill was at the grave. Still 8 meters ... still 5 meters ... Bill had to vomit. In front of a tombstone, arms and legs were piled up. The rest of the body lay on the tombstone. The blood flowed down the gravestone. "What are you looking for here?", the sheriff asked angrily. "Nothing, nothing, really nothing.", Bill stuttered. Bill ran back to his car. With spinning tires he drove home. Bill immediately sought his brother. He was not in the house. Bill ran to the garden house. He pushed the door open and saw Jack cleaning his sickle. "Where have you been, Jack!", Bill yelled at his brother. "Me, I, I do not know, Bill. Bill, something is wrong with me. Please help me.", Jack sobbed and gently put the sickle in a casket. The brothers talked together all weekend. There was no result. On Mondays, the sheriff passed by. He wanted to know exactly where the brothers were at the graveyard on the day of the Tattag. "I was in Vincent's Country Store. The seller is my witness. In my mind, I did not turn left at the crossroads, but drove straight to the cemetery." "Why were you thinking?", the sheriff asked. "My brother was not feeling well ... the heart.", lied Bill. The sheriff believed Bill and left the house. "Jack, do not you really have anything to say to me?", Bill wanted to know. There was no movement from Jack.

Zeit verging.

Jack pflegte seinen Kräutergarten und Bill kümmerte sich um das Haus. Immer wieder sah Bill, wie Jack wild mit der Sichel um sich schlug. Dann ging er aber auch wieder ganz behutsam mit der Sichel um, zumindest dann, wenn Jack Kräuter abschnitt.

Eines Nachts bemerkte Bill, wie Jack noch einmal das Haus verließ. Er lief zum Gartenhaus und holte seine Sichel. Dann lief er über das eigene Grundstück um zum Nachbarhaus zu gelangen. Bill zog sich schnell seine Schuhe an und lief Jack im Pyjama nach. Am Nachbarhaus angekommen, bemerkte Bill gleich das zerbrochene Glas an der Hintertür. Auf dem Boden lag regungslos der Nachbar Henry Jonas. Jack holte weit aus mit der Sichel. Bill warf sich ihm entgegen und hielt seinen Arm mit aller Kraft fest. Dabei verletzte sich Bill am Arm. Die Sichel rizte eine 15 Zentimeter lange Wunde ein. Beide fielen zu Boden. „Was, was mache ich hier?", rief Jack seinem Bruder zu. „Kannst du dich etwa an nichts erinnern?", stellte Bill eine Gegenfrage. „Nein, Bill, wirklich nicht.", antwortete Jack. Beide beseitigten alle Spuren. Henry Jonas Verletzung am Kopf wurde versorgt. „Hat dich Henry gesehen?" „Nein, er kam in den Raum, nachdem er das Glas brechen hörte. Danach schlug ich ihn nieder. Ab jetzt weiß ich von nichts mehr."

Time passed.

Jack took care of his herb garden and Bill took care of the house. Again and again, Bill saw Jack beat wildly with the sickle. But then he was also very careful with the sickle again, at least when Jack cut off herbs.

One night, Bill noticed Jack leave the house again. He ran to the garden house and got his sickle. Then he ran over his own property to get to the neighboring house. Bill quickly put on his shoes and ran after Jack in pajamas. Arrived at the house next door, Bill noticed the broken glass at the back door. The neighbor Henry Jonas lay motionless on the ground. Jack reached far out with the sickle. Bill threw himself at him and held his arm tightly. Bill injured his arm. The sickle stung a 15-centimeter-long wound. Both fell to the ground. "What, what am I doing here?", Jack shouted to his brother. "Can not you remember anything?", Bill asked a counter question. "No, Bill, really not.", Jack replied. Both eliminated all traces. Henry Jonas injury to the head was taken care of. "Did Henry see you?" "No, he came into the room after hearing the glass breaking. After that I beat him down. From now on, I do not know anything anymore."

Bill schickte Jack zurück zum Haus. Er wartete bis Henry aufwachte. „Was ist los? Ich habe ja vielleicht einen dicken Schädel." „Henry, da hat dich wohl ein Einbrecher besucht. Erinerst du dich an etwas?" „Nein, an nichts. Morgen fahre ich zum Sheriff. Danke für deine Rettung und Hilfe. Wie geht es deinem Bruder?" „Ach, der war noch unterwegs."

Jetzt stand für Bill fest, sein Bruder war für die Morde verantwortlich. Für Bill war Jack sehr krank. Seine tiefe Wunde heilte eigenartiger Weise von ganz allein.

Die Brüder passten nun sehr aufeinander auf. Und doch kam der Tag, als etwas furchtbares passierte. Bill hörte Jack wie in Trance sagen: „Ja, du rufst mich. Ich gehorche. Was darf ich für dich tun?" Bill schreckte auf und wollte seinen Bruder zurückhalten. Er stürtzte über den Teppich, schlug mit dem Kopf auf den Tisch und blieb bewusstlos liegen. In Trance nahm Jack die Sichel, zog seinen schwarzen Trechcoat über und stieg in seinen Ford. Er fuhr in Richtung Gardner. Auf dem East Broadway begann der Horror. Vor dem ersten Rstaurant parkte er den Ford direkt vor der Tür und ging gezielt in den Gastraum. Die Sichel hielt er unter dem Trenchcoat in Brusthöhe verdeckt. „Guten Abend der Herr. Darf ich sie zu einem freien Tisch begleiten?", fragte der Kellner. Wortlos machte Jack eine Handbewegung, der Kellner solle vorangehen.

Bill sent Jack back to the house. He waited until Henry woke up. "What's happening? Maybe I have a big head." "Henry, a burglar probably visited you there. Do you remember something?" "No, nothing. Tomorrow I drive to the sheriff. Thank you for your rescue and help. How is your brother?" "Oh, he was still on the way."

Now it was clear to Bill that his brother was responsible for the murders. Jack was very ill for Bill. His deep wound healed of its own accord.

The brothers now took care of each other. And yet the day came when something terrible happened. Bill heard Jack say in a trance: "Yeah, you call me. I obey. What am I allowed to do for you?" Bill started and wanted to hold back his brother. He crashed over the carpet, banging his head on the table, and lay unconscious. In a trance, Jack took the sickle, put on his black Trechcoat and got into his Ford. He drove towards Gardner. The horror began on East Broadway. Before the first restaurant, he parked the Ford right outside the door and headed purposefully into the dining room. The sickle he kept covered under the trench coat at chest height. "Good evening Mister. May I accompany you to a free table?", asked the waiter. Without a word, Jack waved his hand and asked the waiter to go ahead.

In der Mitte des Gastraumes zückte Jack blitzschnell die Sichel und schlug mit der Sichel auf den Kellner ein. Sein Kopf fiel zu Boden. Das Blut spritzte aus dem Rumpf. Langsam viel er auf die Knie, dann auf den Brustkorb. Während des Fallens trennte Jack beide Arme ab. Der Körper blutete aus. Die Gäste hielten das Geschehene erst für eine gruselige Show. Und schon ging es weiter. Die Sichel trennte Arme und Köpfe von den Gästen. Ihre Körper kippten blutend auf die Tische. Suppenteller füllten sich mit ihrem Blut. Arme lagen auf dem Boden. Blut war nun überall. 12 Menschen verloren ihr Leben. An einer sauberen Tischdecke putzte Jack das Blut von der Sichel und brachte sie auf hochglanz.

In zwei weiteren Restaurants auf dem West Broadway schlug Jack mit der Sichel noch zu. Weitere 9 Menschen fanden den Tod. Immer wieder das gleiche Ritual. Nach dem Horror polierte Jack die Sichel immer auf hochglanz.

Ruhig und gelassen stieg er wieder in seinen Ford und fuhr in Richtung Gardner City über die Main Street. Vor dem City-Restaurant parkte er wieder direkt vor der Tür. „Hallo Sir! Hier können sie nicht parken!", rief ein Angestellter. So wollte es Jack eigentlich nicht. Das morden sollte erst im Gastraum stattfinden. Doch Jack zog die Sichel unter dem Mantel hervor, holte weit aus und schlug zu. Der Kopf des Angestellten flog 10 Meter weit.

In the middle of the dining room, Jack whisked out the sickle and struck the waiter with the sickle. His head fell to the ground. The blood spurted from the trunk. Slowly, he dropped to his knees, then to his chest. During the fall Jack separated both arms. The body was bleeding. The guests thought the event only for a scary show. And on it went. The sickle separated arms and heads from the guests. Their bodies tipped bleeding on the tables. Soup plates filled with their blood. Arms were on the ground. Blood was everywhere now. 12 people lost their lives. On a clean tablecloth Jack cleaned the blood from the sickle and brought it to a shine.

In two other restaurants on West Broadway, Jack was still beating the sickle. Another 9 people were killed. Again and again the same ritual. After the horror Jack always polished the sickle to a high gloss.

Calmly calm, he got back into his Ford and headed for Gardner City on Main Street. In front of the City-Restaurant he parked again right outside the door. "Hello Sir! They can not park here!", shouted one employee. That's not how Jack wanted it. The murder should take place in the guest room. But Jack pulled the sickle out from under his coat, took a long shot, and struck. The employee's head flew 10 meters.

Der Rumpf fiel langsam ins Gebüsch. Menschen auf der anderen Straßenseite sahen den Vorfall und benachrichtigten schnell den Sheriff. In der Zwischenzeit betrat Jack den Gastraum. 17 Gäste und zwei Kellner verloren ihr Leben. Blut spritzte aus den Wunden. Arme und Köpfe lagen im gesamten Raum. Die Tepiche sogen sich mit Blut voll. „Hier ist der Sheriff! Hände hoch! Ergeben sie sich!", schrie der Sheriff. Zwei Deputies kamen noch zu Hilfe. Jack holte aus ... der Sheriff schoss ... die Sichel schleuderte durch den Raum ... die Deputies schossen ihre Waffen leer ... alles war wie in Zeitlupe ... die Sichel fand ihren Weg und flog direkt auf den Sheriff zu. Er kippte durch die Wucht nach hinten. Blut floss aus seiner Brust. Jack brach tot zusammen. 18 Kugeln trafen ihn. Die Deputies schauten auf den blutenden Sheriff. Er öffnete die Augen und erhob sich langsam. Sein Sheriff-Stern rettete ihn das Leben.

Der Horror war vorbei!

Bill blieb nicht in Westminster wohnen.

Die Sichel und eine Blutprobe des Sichel-Mörders wurden nun im New York City Police Museum untergebracht. Beides ist mit der höchsten Sicherheitsstufe versehen. Das Blut des Mörders ist schwarz und besaß bei der Untersuchung keinen Sauerstoff. Bis eines Tages der Geist erwacht ... ...

The hull fell slowly into the bushes. People across the street saw the incident and quickly notified the sheriff. In the meantime, Jack entered the dining room. 17 guests and two waiters lost their lives. Blood spurted from the wounds. Arms and heads lay throughout the room. The rugs were soaked with blood.

"Here is the sheriff! Hands up! Give yourself up!", shouted the sheriff. Two deputies came to help. Jack took out ... the sheriff fired ... the sickle threw itself across the room ... the deputies shot their weapons empty ... everything was like slow motion ... the sickle found its way and flew straight towards the sheriff. He tipped backward by the force. Blood flowed from his chest. Jack collapsed dead. 18 bullets hit him. The deputies looked at the bleeding sheriff. He opened his eyes and rose slowly. His sheriff star saved his life.

The horror was over!

Bill did not stay in Westminster.

The sickle and a blood sample of the sickle murderer were now housed in the New York City Police Museum. Both are provided with the highest security level. The blood of the murderer is black and had no oxygen during the examination. Until one day the spirit awakens ... ...

… … … Jedoch, da war noch etwas … Bill wurde ja von der Sichel verletzt. Er war ihr ebenfalls verfallen. Mit Hilfe von Ganoven, die er mit dem Geld des Hausverkaufes entlohnte, stahl er die Sichel aus dem Police Museum und flüchtete nach London, wo er bis an sein Lebensende untertauchte.

... ... But there was something else ... Bill was hurt by the sickle. He had also fallen for her. With the help of crooks, whom he paid with the money of home sales, he stole the sickle from the Police Museum and fled to London, where he drowned to the end of his life.

Alptraum

Die Tür zum Bad knarrt immer noch, aber was Ilona G. bis dahin erlebte, das war der Horror. Ilona möchte unerkannt bleiben, es glaubt ihr sowieso niemand. In ihrem Leben war sie vier Mal in psychiatrischer Behandlung. Auch ihren Sohn wurde in Mitleidenschaft gezogen. Was hat es mit der knarrenden Tür auf sich? Knarrt nicht irgendwie überall eine Tür? Ilona heiratete mit achtzehn Jahren ihren Traummann Günther. Günther studierte gerade, er war sechs Jahre älter. Ilona brach die Lehre ab und ging ans Fließband. Sie sorgte so für den Lebensunterhalt, Günther konnte sich ganz auf das Studium vorbereiten. Beide planten ihr Leben. Nach dem Studium sollte Günther der Hauptverdiener werden, Ilona wollte dann bis zum ersten Kind weiter arbeiten. Ein Haus mit etwa 35 Jahren, dann noch ein weiteres Kind. Das klang alles wirklich wunderbar, wenn das Wörtchen wenn nicht wäre. Hat es Ilona ihrem Ehemann vielleicht zu leicht gemacht? Arbeit und Haushalt, dann die viel zu frühe Geburt von Sohn Steffan. Ilona opferte sich auf. Gut, dann werden die Bauklötze eben etwas verschoben, es wird schon gehen. Zu blöd aber auch, dass Günther auf diesen dämlichen Trick mit dem Zettel hereinfiel. – Ruf Mal an, Iris – stand darauf. Diese Falle ist doch nun wirklich uralt. Im heutigen Zeitalter des Internets gibt es natürlich andere Möglichkeiten.

Nightmare

The door to the bathroom is still creaking, but what Ilona G. experienced until then, that was the horror. Ilona wants to go unrecognized, no one believes her anyway. In her life, she has been receiving psychiatric treatment four times. Her son was also affected. What's up with the creaky door? Does not a door creak somehow everywhere? Ilona married her dream husband Günther at the age of eighteen. Günther was studying, he was six years older. Ilona broke off the lesson and went to the assembly line. She made for a living, Günther could prepare completely for the study. Both planned their lives. After graduation Günther should become the main earner, Ilona then wanted to continue working until the first child. A house with about 35 years, then another child. That sounded really wonderful, if the word were not. Did Ilona make her husband too easy? Work and household, then the much too early birth of son Steffan. Ilona sacrificed herself. Well, then the blocks are just something moved, it will work. Too bad but also that Günther fell for this stupid trick with the note. - Call me, Iris - stand on it. This trap is really ancient. Of course, there are other options in today's internet age.

Heute könnte sich Günther unter einem Fake-Namen auf diversen Plattformen anmelden. Hier könnte er dann Lisa kennenlernen, die in Wirklichkeit Annette heißt. Ilona vertraute übrigens sehr ihrem Ehemann, wie gesagt, es war ihr Traumpartner. Weshalb sie dann in das Jackett ihres Mannes griff? Na, das ist doch klar, der Tascheninhalt beulte die Taschen aus. Ilonas Eltern besaßen schließlich ein Damen- und Herren-Bekleidungsgeschäft. „Wer ist denn Iris?", fragte Ilona ihren Ehemann. „Eine Kommilitonin, wir werden die Diplomarbeit zusammen schreiben.", antwortete Günther. „Toll, dann wird es ja jetzt etwas!", freute sich Ilona. Die Diplomarbeit dauerte und dauerte. Mal war der Professor krank, mal gab es keinen Diplomplatz. Auf jeden Fall stellte Günther es so dar. An einem Tag, an dem Hausarbeit anstand, legte sich Ilona eine flotte Musik auf. Sie griff in den Kassetten-Ständer, eine Philips-Kassette mit den größten Hits von Dave Dee, Dozy, Beaky, Mick & Tich sollte es sein. Ilona legte das Band ein, zu hören war folgendes: „Peep, sprechen sie jetzt – Iris hier. Es ist aus, lass dich nie mehr hier sehen. Peep." Geschockt sah Ilona, dass es eine Kassette aus dem Anrufbeantworter war. Die größten Hits der Rock-Gruppe steckten im Radiorecorder in der Küche. Immer wieder hörte Ilona diese Nachricht, immer und immer wieder.

Today Günther could register under a fake name on various platforms. Here he could then get to know Lisa, who is in reality Annette. Incidentally, Ilona very much trusted her husband, as I said, it was her dream partner. Why did she grab her husband's jacket? Well, that's clear, the contents bagged out the pockets. Ilona's parents eventually owned a women's and men's clothing store. "Who is Iris?", Ilona asked her husband. "A fellow student, we will write the thesis together.", Günther replied. "Great, then it will be something!", Ilona rejoiced. The diploma thesis lasted and lasted. Sometimes the professor was ill, sometimes there was no diploma place. In any case, Günther put it this way. On a day when doing housework, Ilona put on a lively music. She reached into the cassette stand, a Philips cassette with the biggest hits of Dave Dee, Dozy, Beaky, Mick & Tich should be. Ilona put in the tape, the following was heard: "Peep, they speak now - Iris here. It's over, never let me see you again. Peep." Shocked Ilona saw that it was a tape from the answering machine. The rock group's biggest hits were in the radio in the kitchen. Again and again Ilona heard this news over and over again.

Ihre bis dahin heile Welt zerbrach. Sie zitterte am ganzen Körper, sie hatte nicht einmal die Kraft, hart mit Günther ins Gericht zu gehen. Günther kam an diesem Abend sehr spät und völlig betrunken nach Hause. Das Drama nahm seinen Lauf. Günther schlug seine Frau nur noch, drohte sie und den Jungen umzubringen. „Ich finde dich überall und dann bist du dran!", schrie er. Nicht mehr wieder zu erkennen war Günther, er wurde zum Alkoholiker. Seine Frau war dermaßen eingeschüchtert, dass sie nur funktionierte. Morgens den Sohn versorgen, danach die Arbeit am Fließband, dann den Haushalt. Und das Tag für Tag. Ilona war 37 Jahre, als ihr Sohn Steffan heimlich die Wohnung verließ und nicht mehr zurückkam. Da war er 17 Jahre. Der letzte Halt brach für Ilona zusammen.

Weitere zehn Jahre brauchte Ilona, um langsam einen Wandel in ihren Gefühlen und in ihrem Denken zu vollziehen. Günther war nun 53 Jahre, er litt an Bluthochdruck, war übergewichtig und sehr gewalttätig gegenüber Ilona. Immer mehr Rattengift mischte sie ins Essen. Im Schuppen ihres Vaters fand sie noch E 605, auch das kam ins Essen. Ilona war verbittert und voller Wut und Hass. Die Prügelattacken, die Vergewaltigungen, das Messer, das er ihr an die Kehle setzte, sie war es einfach leid. Ilona verschloss die Wohnzimmertür, Günther lag bewusstlos vor dem Fernseher. Jetzt löste sie das Rohr zum Ölofen.

Her hitherto healed world broke up. She was shaking all over, she did not even have the strength to go to court with Günther. Günther came home that evening very late and completely drunk. The drama took its course. Günther only beat his wife, threatening to kill her and the boy. "I find you everywhere and then it's your turn!", he shouted. Not recognizable was Günther, he became an alcoholic. His wife was so intimidated that she only worked. Supply the son in the morning, then work on the assembly line, then the household. And that day by day. Ilona was 37 years old when her son Steffan secretly left the apartment and did not come back. He was 17 years old. The last stop collapsed for Ilona.

It took another ten years for Ilona to slowly change her feelings and thoughts. Günther was now 53 years, he suffered from hypertension, was overweight and very violent towards Ilona. More and more rat poison mixed them into the food. In her father's shed she found E 605, that too came into the food. Ilona was bitter and full of anger and hatred. The beatings, the rape, the knife he put on her throat, she was just tired. Ilona locked the living room door, Günther lay unconscious in front of the TV. Now she released the pipe to the oil stove.

Es sollte so aussehen, als ob Günther im betrunkenen Zustand vor den Ölofen lief. Der Plan funktionierte. Vergiftung durch Gase, hieß es. Wer nun glaubt, das war es, der irrt.

Günthers böser Geist war allgegenwärtig. Lampen schalteten sich ein und aus. Der Herd stand auf Stufe 5 und das Trockentuch lag darauf. Nachts schellte das Telefon. Ilona verspürte eines Nachts ein Druckgefühl am Hals. Wieder musste sie in Behandlung. Wird es denn nie enden? Die Waschmaschine stand plötzlich unter Strom. Die Brotmaschine begann sich bei der Reinigung zu drehen. Auf dem alten Röhrenfernseher lag sein alter Bademantel. Er überhitze, es war 22 Uhr, es begann zu brennen. Ilona, die auf der Couch eingeschlafen war, konnte sich soeben retten. Aber nur, weil jemand Sturm schellte. Vor der Tür empfing sie ihr verlorener Sohn. „Steig in den Wagen, wir müssen weg hier!", schrie er. „Wo warst du nur, Steffan? Warum kommst du jetzt?", bibberte seine Mutter. „Ich hörte Vater im Traum. Er sagte, dass er uns alle umbringen will!", sagte Steffan und raste los. Der Brand war schnell gelöscht. Ilona wohnte nun zwei Straßen von ihrem Sohn entfernt, er bekam seine Psyche in Griff, jetzt hatte er eine liebe Frau, demnächst eine Tochter.

It should look like Günther ran in drunken condition in front of the oil stove. The plan worked. Poisoning by gases, it was said. Whoever believes that it was, is wrong.

Günther's evil spirit was omnipresent. Lamps switched on and off. The stove was at level 5 and the towel lay on top. At night the phone rang. Ilona felt a pressure on her neck one night. Again she had to be treated. Will it never end? The washing machine was suddenly under power. The bread machine began to spin during cleaning. On the old tube TV lay his old bathrobe. He overheated, it was 10 pm, it started to burn. Ilona, who had fallen asleep on the couch, was able to save herself. But only because someone rang storm. At the door she received her lost son. "Get in the car, we have to get out of here!", he shouted. "Where have you been, Steffan? Why are you coming now?", his mother shivered.
"I heard father in the dream. He said he wants to kill us all!", Steffan said and started off. The fire was quickly extinguished. Ilona now lived two streets away from her son, he got his psyche under control, now he had a dear wife, soon a daughter.

Drei Mieter bewohnten die Wohnung nach diesem Vorfall. Alle kündigten wieder. In der unteren Etage eröffnete ein Computer-Geschäft. Ilonas Wohnung sollte als Lager angemietet werden. Wie gesagt, die Tür zum Bad knarrte etwas, aber das störte den Mieter nicht.

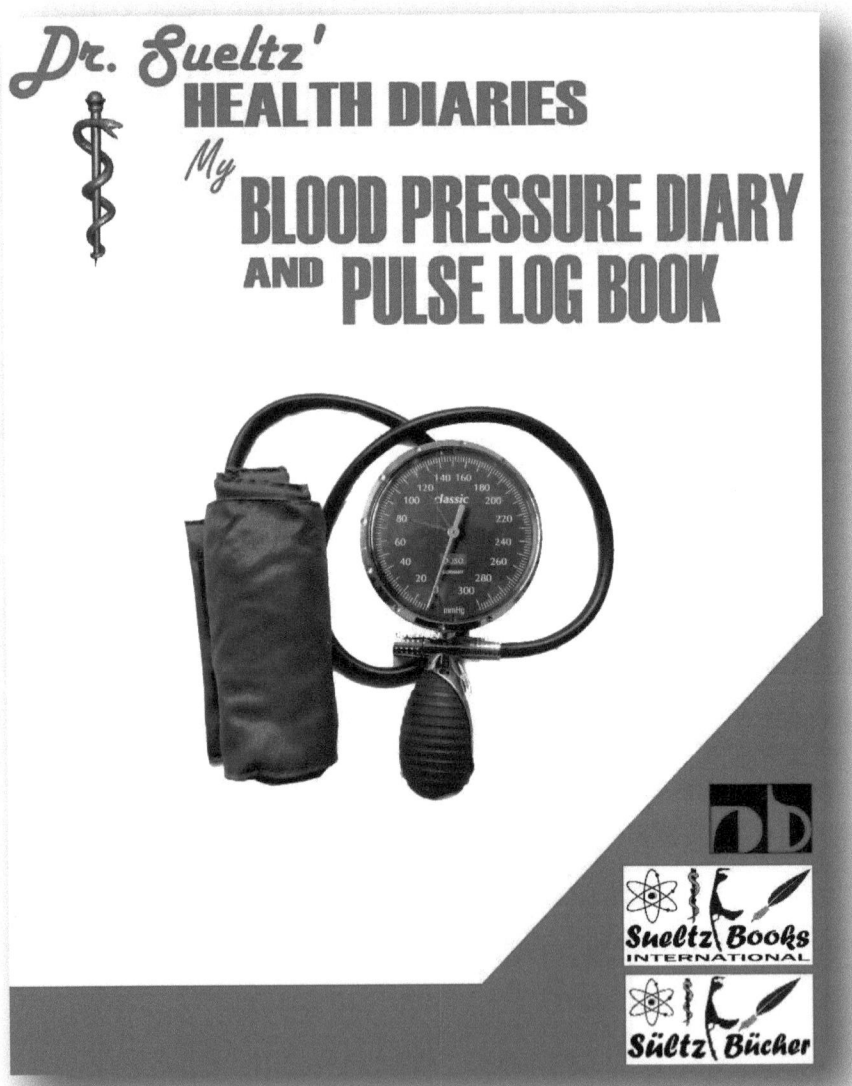

Three tenants lived in the apartment after this incident. Everyone quit again. In the lower floor opened a computer business. Ilona's apartment was to be rented as a warehouse. As I said, the door to the bathroom creaked a bit, but that did not bother the tenant.

Das Haus am See

Niemand wohnte in diesem Holzhaus unten am See. Es stand einige Jahre bereits leer. Man konnte es nur mit dem Boot erreichen. Alle Leute aus der Umgebung mieden es. In der Nacht spielten sich unheimliche Dinge dort ab. Punkt Mitternacht war dieses Haus hell erleuchtet und es hörte sich an, als wenn eine Frau weinen würde. Eines Tages kam ein junger Mann ins Bürgeramt der Stadt. Sein Name war Klaus Brückner. Er erkundigte sich nach dem Haus unten am See. Gerne würde er es kaufen. Da Angeln sein Hobby war, schien hier ein geeigneter Ort zu sein. Die Dame vom Amt sagte ihm, dass dieses Haus zuletzt einem Bauern aus der Umgebung gehörte, jetzt aber zum Kauf angeboten wurde. Sie meinte, dass es unheimlich dort sei. Klaus Brückner tat alles nur als Gerede ab. „Na ja, sie müssen wissen was sie tun. Sie können es sofort haben, wenn sie wollen. Wir sind froh, wenn es verkauft ist." Klaus Brückner angelte für sein Leben gern, da kam es wie gerufen, dieses Haus. Am ersten Abend warf er seine Angel aus, befestigte die Rute am Bootssteg und ging zurück ins Haus. Er vernahm ein leises Wimmern, ging aber darüber hinweg. Am darauf folgenden Abend das Gleiche, nur eindringlicher und lauter. Es kam ihm vor, das Gejammer direkt neben sich hören zu können. Er hatte das Gefühl zu spinnen.

The house at the lake

No one lived in this wooden house down by the lake. It was already empty for several years. You could only reach it by boat. All the people around avoided it. At night, weird things were happening there. At midnight this house was brightly lit and it sounded as if a woman was crying. One day a young man came to the city hall. His name was Klaus Brückner. He inquired about the house down by the lake. He would like to buy it. As fishing was his hobby, it seemed to be a suitable place. The lady from the office told him that this house last belonged to a farmer from the area, but was now offered for sale. She said it was scary there. Klaus Brückner dismissed everything as mere talk. "Well, they need to know what they are doing. You can have it right away if you want. We are happy when it is sold." Klaus Brückner liked fishing for his life, so it came as a call, this house. On the first night, he threw out his fishing rod, fastened the rod to the jetty and went back into the house. He heard a soft whimper, but went over it. The following evening, the same thing, only haunting and louder. It seemed to him that he could hear the whining right next to him. He felt like he was spinning.

Ein paar Tage vergingen bis er wieder Zeit fand, seinem Hobby nachzugehen. Auf dem Weg zum Haus traf Brückner ein paar Leute aus der Umgebung. Eine Frau fragte, ob er der neue Besitzer sei und es doch gewaltig dort spuke am See. Sie schaute ihn noch von der Seite an und verschwand. Klaus Brückner wurde nachdenklich. Sollte dieses nächtliche Gejammer etwas damit zu tun haben? Was war hier los?

Am Abend hatte er das Gespräch wieder vergessen. Gut gelaunt machte er sich auf den Weg zum Haus. Wie gewohnt legte er die Angel aus und ging rein. Eine unheimliche Stille machte sich breit. Plötzlich stand eine junge Frau vor ihm. Blutverschmiert und mit Seetang behangen. Ihm wurde schwindelig vor Angst. „Du musst es klären, ich bin ermordet worden. Er läuft noch frei herum, er muss bestraft werden, sonst kann ich keine Ruhe finden." Brückner bekam Angst, versprach aber, ihr zu helfen. Am Tag darauf fuhr er zum Rathaus, hier konnten sie ihm tatsächlich helfen. Er erfuhr, dass ein Bauer aus der Umgebung, mit Namen Holger Westermann, vor Jahren dieses Haus besaß, gleichzeitig eine junge Frau verschwand. Kurz danach verkaufte er das Haus wieder. WARUM NUR? Verschwieg er etwas?

A few days passed before he found time to pursue his hobby again. On the way to the house, Brückner met a few people from the area. A woman asked if he was the new owner and it haunted the lake. She still looked at him from the side and disappeared. Klaus Brückner became thoughtful. Should this nocturnal whining have something to do with it? What was going on here?

In the evening he had forgotten the conversation again. In a good mood he made his way to the house. As usual, he put out the fishing rod and went in. An eerie silence spread. Suddenly a young woman stood before him. Blood smeared and hung with seaweed. He was dizzy with fear. "You have to clear it, I've been murdered. He still runs free, he has to be punished, otherwise I can not find peace." Brückner got scared, but promised to help her. The next day he drove to the town hall, where they could actually help him. He learned that a farmer from the area, named Holger Westermann, owned this house years ago while a young woman disappeared. Shortly afterwards he sold the house again. JUST WHY? Was he blighting something?

Gleichzeitig wurde nach dem Mädchen gesucht, Ermittlungen wurden angestellt. Sie wurde als vermisst gemeldet. Aber eine Verbindung zwischen dem Verschwinden des Mädchens und H. Westermann schien nicht zu bestehen! Oder etwa doch? Brückner bedankte sich für die Information.

Er hatte eine Vermutung, er hatte ein Gefühl, er hatte Gänsehaut ... ja, er hatte eine schlimme Befürchtung ... er setzte alles auf eine Karte, er pokerte jetzt hoch, denn er hatte doch versprochen zu helfen ... sein Vorhaben war riskant, sein Vorhaben war gefährlich ... aber er musste so handeln ... ...

ER FUHR SOFORT ZU WESTERMANN!

Er klopfte erst an, er pochte und schlug dann gegen die Tür und schrie: „MACH AUF, DU MÖRDER! ... KOMM' RAUS!"

Westermann schrie zurück, er konnte aber nicht gegen den gewaltigen Druck von Brückner ankommen.

Mit ganzer Kraft drückte Brückner die Tür auf! „Ich habe dieses Haus am See gekauft, was war da los? Sie sind in jener Nacht beobachtet worden! Man hat Schreie gehört!"

Ein Wort ergab das andere ... es wurde heftig geschrien und gestritten ... Holger Westermann knickte ein.

At the same time, the girl was being searched for and investigations were being made. She was reported missing. But a connection between the disappearance of the girl and H. Westermann did not seem to exist! Or does it? Brückner thanked for the information.

He had a guess, he had a feeling, he had goose bumps ... yes, he had a terrible fear ... he put everything on a map, he was playing poker now, because he had promised to help ... his plan was risky, his plan was dangerous ... but he had to act like this ... ...

HE IS IMPORTANT TO WESTERMANN!

He knocked first, he knocked and then struck the door and yelled: "OPEN, YOU KILLER! ... COME OUT!"

Westermann screamed back, but he could not resist the tremendous pressure from Brückner.

With all his might, Brückner pushed open the door!
"I bought this house on the lake, what was going on there? You were watched that night! They heard screams!"

One word gave the other ... it was screamed and argued violently ... Holger Westermann nodded.

Er gestand sie geschlagen zu haben ... er gestand sie gefesselt zu haben ... er gestand, dass er sie vergewaltigt hatte und er gestand, dass er sie erschlagen und zerstückelt hatte. Ihr Fleisch hat er gegessen und ihr Blut getrunken.

Brückner konnte nicht glauben was er hörte. Es lief ihm eiskalt über den Rücken. Er rief die Polizei! Der Mörder wurde verhaftet! Endlich hatten die Leute ihre Ruhe ... endlich hatte die Seele ihre Ruhe ... Brückner verkaufte das Haus trotzdem wieder, mit dieser Vorstellung konnte er dort nicht bleiben, obwohl sich nun alles aufhellte, das Haus und der See in einem ganz anderen Licht zu sehen waren und der Spuk ein Ende hatte.

He confessed to beating her ... he confessed to having her tied up ... he confessed that he had raped her and he confessed that he had killed and dismembered her. He ate his meat and drank her blood.

Brückner could not believe what he heard. It ran freezing over his back. He called the police! The murderer was arrested! Finally, the people had their rest ... finally the soul had its peace ... Brückner sold the house anyway, with this idea, he could not stay there, although now everything brightened, the house and the lake in a very different light to see and the haunting had an end.

Ausverkauf

Es liegen nun schon seit längerer Zeit viele Ersatzteile in Connys USED BODY PARTS. Ganz langsam gehen Conny Conelly die Gelder aus, um seine Angestellten bezahlen zu können. Auch der Strom für das Geschäftslokal und natürlich für das Labor, muss bereitgestellt werden. Nun ja, es lässt sich sehr gut in diesem Zweig verdienen, aber nicht unbedingt in einem Vorort von Los Angeles. Besser gesagt in einem Vor-Vorort. Dann die ständig zu erneuernden Lizenzen, von wem stammt das Bein, die Hand oder der Arm, all dies muss Conny den Beamten der BCO, also des Body Control Office, beweisen können. Conny hat das Geschäft von seinem Vater vor drei Jahren übernommen. Jack Conelly hatte 2088 sein erstes Geschäft in Los Angeles eröffnet. Die Unkosten dort waren immens, aber Jacks Arbeit und Ehrlichkeit waren weit bekannt, jeder bezahlte gern für eine neue Hand 15.000 Dollar. Auch Jacks Service hatte einen guten Ruf, Einstellarbeiten oder Anschlussarbeiten wurden perfekt ausgeführt. Jacks Sohn hingegen war immer schon für den schnellen Dollar. Oft versuchte Conny seinem Vater ein Körperteil einer nicht freigegeben Leiche unterzujubeln. Auch Menschen, die in Geldnot waren, kaufte Conny für weit weniger ihre Gliedmaßen ab, als sie offiziell dafür bekommen hätten.

Sale

There are now for a long time many spare parts in Connys USED BODY PARTS. Very slowly, Conny Conelly is spending the money to pay his employees. Also the electricity for the business premises and of course for the laboratory, must be provided. Well, it can be very well earned in this branch, but not necessarily in a suburb of Los Angeles. Rather, in a suburb. Then the licenses to be constantly renewed, from whom comes the leg, the hand or the arm, all this Conny must be able to prove the officials of the BCO, thus the Body Control Office. Conny took over the business from his father three years ago. Jack Conelly had opened his first store in Los Angeles in 2088. The expenses there were immense, but Jack's work and honesty were widely known, and everyone liked to pay $ 15000 for a new hand. Jack's service had a good reputation as well. Adjustments or connections were carried out perfectly. Jack's son, on the other hand, has always been for the fast dollar. Often Conny tried his father a body part of an unapproved corpse to cheer. Even people in need of money, Conny bought for far less their limbs, as they would get officially.

Nun gut, man kann es versuchen, aber Ehrlichkeit kommt doch ans Ziel. In der heutigen Zeit, also 2115, sind die staatlichen Auflagen noch höher, das wäre für Jack bestimmt kein Problem, aber er starb vor zwei Jahren an einem Gehirntumor. Das Kuriose daran ist, alle anderen Ersatzteile hätte Jack auf Lager gehabt, nur bei Gehirnen verweigert das BCO seine Genehmigung. Vielleicht gelingt es in 100 Jahren, ein komplettes Bewusstsein zu transformieren, wobei natürlich alle Reste des ursprünglichen Inhabers komplett gelöscht werden müssten. Und das ist auch das große Problem des BCO, kann ein Gehirn eines verstorbenen Mörders mit dem neuen Muster eines Lehrers aus Habsucht töten? Kann die Hand eines Mörders, angeschlossen an den Körper eines Pastors jemanden erdrosseln? Das alles

ist nicht geklärt, Labore arbeiten daran, wo der eigene Geist wirkt und handelt. Bis dahin sind alle Ersatzteile scharf zu kontrollieren. Es soll nicht herablassend von Ersatzteilen gesprochen werden, aber seit dem letzten Atomkrieg, der Vernichtung der Ozonschicht und dem Schönheitswahn der 2050-er Jahre, sind das Denken und der Kopf wichtiger geworden. Trotzdem gibt es immer noch die andere Seite, Diebstahl und Morde sind längst nicht ausgerottet. Und es ist so wie immer, der eine kann sich ein neues Auge kaufen, der andere aus Geldnot eben nicht oder er muss seins verkaufen.

Well, you can try it, but honesty comes to the goal. At the present time, that is, 2115, the state requirements are even higher, that would be no problem for Jack, but he died two years ago of a brain tumor. The curious thing is, all other spare parts Jack would have in stock, only with brains denied the BCO his approval. Perhaps it will be possible in 100 years to transform a complete consciousness, whereby of course all remains of the original owner would have to be completely deleted. And that's the big problem of the BCO, too, can kill a dead murderer's brain with the new pattern of a greed teacher? Can the hand of a murderer, attached to the body of a pastor, strangle someone? All that is not clear, laboratories work on where your own mind works and acts. Until then all spare parts have to be checked carefully. It is not condescending to talk about spare parts, but since the last nuclear war, the destruction of the ozone layer and the beauty craze of the 2050s, thinking and the head have become more important. Nevertheless, there is still the other side, theft and murders are far from extinguished. And it is the same as always, one can buy a new eye, the other one out of financial need just not or he has to sell his.

Übrigens ist die Technik des Anschlusses perfekt gelöst. Bei einem Unfall oder einer Amputation wegen Krebs, werden Anschlussbuchsen am Körper verbaut. Diese Anschlüsse sind international genormt, wenigstens darin waren sich alle Staaten einig. Ein Arm eines Chinesen konnte also bei Übereinstimmung aller wichtigen Daten, wie etwa der Blutgruppe, bei einem Deutschen eingesetzt werden. Krebs ist sowieso das Wort des Jahrtausends geworden, hätte es bloß nicht die Atomkriege gegeben. In diesem Monat benötigte Conny wieder einiges an Geldern. Seinen Laden betraten zwei Zwischenhändler, bei ihnen hatte Conny mehr als 25.000 Dollar Schulden. „Du verkaufst in Zukunft unsere Waren aus zweiter Hand!", sagte einer. Es ist dabei wohl etwas makaber, von zweiter Hand zu sprechen, aber unkontrollierte Ware ..., wir kennen ja nun das Problem. Im Gegenzug kam Conny langsam von seinen Schulden runter. Die Ware wurde geliefert. 25 rechte Männerbeine, 11 Frauenbeine, 44 Hände und noch weiteres. Die Ersatzteile kamen in die Kühlkammer. Die 16 künstlich hergestellten Ersatzteile legte Conny ins Regal. Die künstlichen Gliedmaßen waren für ärmere Kunden, sie waren lange nicht so fein in der Koordinierung der Bewegungen. Auch wurden sie verwendet, wenn die Blutgruppen nicht übereinstimmten. Ein Kunde aus LA betrat den Laden und fragte nach Jack Conelly.

Incidentally, the technology of the connection is perfectly solved. In case of an accident or amputation due to cancer, connection sockets are installed on the body. These connections are internationally standardized, at least in this all states were in agreement. An arm of a Chinese could therefore be used in case of agreement of all important data, such as the blood group, in a German. Cancer has become the word of the millennium anyway, had it not been for the nuclear wars. Conny needed a lot of money again this month. Two middlemen entered his shop, Conny had more than $ 25000 in debt. "You will sell our second-hand goods in the future!", said one. It is probably a bit macabre to speak secondhand, but uncontrolled goods ... , we now know the problem. In return Conny came slowly from his debts down. The goods were delivered. 25 right male legs, 11 female legs, 44 hands and more. The spare parts came into the cooling chamber. The 16 artificially manufactured spare parts Conny put on the shelf. The artificial limbs were for poorer customers, they were not so fine in the coordination of movements. Also, they were used when the blood groups did not match. A customer from LA entered the store and asked for Jack Conelly.

Vor der Jahrhundertwende stellte Jack ihm die Hände perfekt ein, ebenso die Augenschärfe. „Mein Vater ist leider verstorben, wie kann ich Ihnen helfen?", fragte Conny.

„Ah, verstehe, das tut mir Leid, aber wie der Vater so der Sohn. Ich habe Krebs im rechten Arm, den brauche ich neu. Lässt sich meine Hand noch verwenden?", so der Kunde. „Das ist nur ein geringer Kostenunterschied. Hier habe ich einen für sie, passender Arm mit Hand, die Daten stimmen überein!", sagte Conny und witterte ein Geschäft. „Da sie meinen Vater kannten, lasse ich ihnen 30 % nach!" „Okay, das ist ein Wort! In vier Tagen bin ich wieder bei ihnen. Im Krankenhaus lasse ich mir dann heute noch den Anschluss legen!" Nach vier Tagen kam der Kunde wieder zu Conny. „Die Wunde ist aber noch sehr frisch", meinte Conny. „Kein Problem, morgen habe ich einen Auftritt in der Menson-Halle, ich bin Country-Sänger. Die Gitarre werde ich nicht spielen können, das macht dann mein Sohn!", so der Käufer. Das Geschäft wurde abgewickelt, ohne Kontrolle, ohne Rechnung und ohne Namen. In der Zeitung las Conny Tags später über das Country-Konzert. Es war glanzvoll und ausverkauft. Man sprach aber auch von drei toten Konzertbesuchern. Aber Conny interessierte dies wenig. In den nächsten Tagen und Wochen kamen immer wieder Kunden, die verätzte Arme und Hände hatten.

Before the turn of the century, Jack adjusted his hands perfectly, as did his eyesight. "Unfortunately, my father died, how can I help you?", Conny asked.

"Ah, understand, I'm sorry, but like the father's son. I have cancer in my right arm, I need it again. Can my hand still be used?", says the customer. "That's just a small cost difference. Here I have one for her, matching arm with hand, the data match!", Conny said, scenting a deal. "Since they knew my father, I let them go 30%!" "Okay, that's a word! In four days I will be back with them. In the hospital, I'll let myself be connected today!"After four days, the customer came back to Conny. "The wound is still very fresh.", said Conny.
"No problem, tomorrow I will have an appearance in the Menson-Halle, I am country singer. I will not be able to play the guitar, that's what my son will do!", says the buyer. The transaction was settled, without control, without invoice and without name. In the newspaper Conny read tags later about the country concert. It was brilliant and sold out. But there were also talk of three dead concertgoers. But Conny did not care that much. Over the next few days and weeks, there were always customers who had burnt arms and hands.

Bis auf die Knochen wirkte diese Säure, alles musste amputiert werden. Conny war glücklich, das Geschäft lief gut, die unkontrollierte Ware machte sich bezahlt. Eines Tages stand der Country-Sänger wieder vor Conny. „Hallo, stimmt etwas nicht, soll ich eine Einstellung vornehmen, damit das Gitarrenspielern besser klappt?", flachste Conny. „Im Gegenteil, alles Bestens. Meine Freunde hast du auch gut versorgt, wir sind wieder vollständig. Hier ist deine Bezahlung!" Der Countrysänger nahm den Revolver und erschoss Conny. In den nächsten Wochen waren immer wieder Horrormeldungen zu hören. „Wieder 36 Leichen entdeckt! Die ehemalige Gruppe des Massenmörders Big Dan Welley schlachtet Kleinstadt ab! Mit seinen 8 Gefolgsleuten mordet er im ganzen Staat! Mittlerweile sind es 177 Tote! Die Polizei hat noch keine Täterbeschreibung! Obwohl die Gruppe vor 12 Monaten durch den elektrischen Stuhl getötet wurde, leben sie durch ihre Arme weiter! Der Besitzer, der diese Arme verkaufte und die Mörder identifizieren könnte, wurde eliminiert!" Das Gesetz wurde weiter verschärft. Heute dürfen nur Krankenhäuser, die dem Body Control Office unterstehen, solche Verkäufe durchführen. Die Täter sind immer noch nicht gefasst. Es sind mittlerweile über 500 Tote!

Except for the bones this acid worked, everything had to be amputated. Conny was happy, the business went well, the uncontrolled goods paid off. One day, the country singer again stood in front of Conny. "Hello, is not something right, should I make a setting to make the guitar player work better?", flatter Conny. "On the contrary, all the best. You also took good care of my friends, we are complete again. Here's your pay!"
The country singer took the revolver and shot Conny. In the next weeks horror reports were heard again and again.
"Again discovered 36 bodies! The former gang of mass murderer Big Dan Welley butcher small town! With his 8 followers he murders in the whole state! There are now 177 dead! The police still have no description of the perpetrator! Although the group was killed by the electric chair 12 months ago, they live on through their arms! The owner who sold these arms and could identify the killers has been eliminated!"
The law was further tightened. Today, only hospitals under the Body Control Office are allowed to make such sales. The perpetrators are still not ready. There are now over 500 dead!

Das Auge

Woran denken Sie, wenn Sie sich im Badezimmer die Hände waschen? Nach der Rasur die Barthaare wegspülen? Den Zahnbecher mit Wasser füllen? Nichts? Oder: Komme ich zu spät zur Arbeit? Auf keinen Fall, dass Sie beobachtet werden, schließlich lässt sich die Badezimmertür absperren! Nun, genau dies dachte sich wohl auch Angela McCorby, oder auch nicht! Was ist geschehen? Durch einen Defekt, keiner weiß, wie es passieren konnte, ist Abwasser in die Frischwasserzufuhr des Hauses an der Lincoln Street 55 eingedrungen. Lediglich stellte man bislang fest, dass Abwasser der naheliegenden Industrie-Unternehmen in den Garten der McCorby's gelang.

Wie jeden Morgen war Angela die letzte im Haus. Noch schnell die Küche aufgeräumt, die drei Kids hinterließen wieder eine Großbaustelle, nun noch das Badezimmer gereinigt, danach ging es ab ins Büro. Der Ablauf fand auch wie immer so statt. Nur, was glitzerte dort im Siphon des Waschbeckens im Badezimmer? Hat ihre Tochter Diana etwa einen Ohrring verloren? Angela schaute sich das glitzernde Etwas genauer an. Immer näher und näher schaute sie in das Waschbecken.

The eye

What do you think about when you wash your hands in the bathroom? After shaving, wash away the whiskers? Fill the tooth cup with water? Nothing? Am I late for work? No way that you are being watched, after all, the bathroom door can be shut off! Well, that's exactly what Angela McCorby thought, or not! What happened? Due to a defect, no one knows how it could happen, sewage has entered the house's fresh water supply at Lincoln Street 55. Only one found so far that sewage of the close industrial enterprises succeeded in the garden of the McCorby's.

Like every morning, Angela was the last one in the house. The kitchen was cleaned up quickly, the three kids left behind a big construction site, now the bathroom was cleaned, then it went off to the office. The process also took place as always. But what was sparkling in the siphon of the bathroom sink? Did her daughter Diana lose an earring? Angela took a closer look at the glittering something. Closer and closer she looked into the sink.

Plötzlich sprang ihr etwas ins Auge, es war wohl ein Wassertropfen. Alles schien okay… nun ab ins Büro. Tage später bemerkte Angela, dass sich ihr Augenlicht auf dem rechten Auge verschlechterte.

Auch eine Verfärbung und Verdickung stellte sie fest. Zunächst bekämpfte Angela das Übel mit Augentropfen. In der Nacht hatte Angela schlimme Albträume, ihr Ehemann Stan weckte sie oft. Morgens konnte sich Angela an alle Vorkommnisse im Traum erinnern. Eigenartiger Weise sah sie immer Leichen vor ihrem sogenannten dritten Auge. Auch am Tag, und in der Nacht sogar Gesichter.

„Da reicht nun nicht mehr ein Augenarzt!", flachste Stan. „Da musst du wohl zum …!" „Sprich nicht weiter!", stoppte ihn Angela. Mit den Tagen veränderte sich Angela. Sie trug nun eine dunkle Sonnenbrille, sie verhielt sich auch sehr zurückgezogen. Nun reichte sie auch noch unbezahlten Urlaub ein. Die Hausarbeit erledigte Angela nur noch mit Widerwillen. Als ihr auch noch mehr Haare ausfielen, quartierte sie sich im Gästezimmer ein.

Suddenly something jumped into her eye, it was probably a drop of water. Everything seemed okay ... now off to the office. Days later, Angela noticed that her eyesight was getting worse in her right eye.

She also noticed a discoloration and thickening. At first, Angela fought the evil with eye drops. Angela had bad nightmares during the night, her husband Stan often woke her up. In the morning Angela could remember all events in the dream. Oddly enough, she always saw bodies in front of her so-called third eye. Even during the day, and even faces at night.

"There's no longer an ophthalmologist!", Stan shallowest. "You have to go to ...!" "Do not talk!", Angela stopped him. As the days changed, Angela changed. She now wore dark sunglasses, she was also very withdrawn. Now she also submitted unpaid leave. The housework Angela did only with reluctance. When she also had more hair, she lodged in the guest room.

Die Tage vergingen. Die Kinder wurden vom Vater versorgt, Angela kam nicht mehr aus dem Zimmer, sie schloss sich ein. Die Familie sorgte sich sehr, auch Dr. Miller, Hausarzt der Familie, wurde nicht von Angela empfangen. Eines Nachts machte sich Stan daran, mit einem Draht den Schlüssel der Tür auf den Fußboden fallen zu lassen. Vorher schob er ein Blatt der Tageszeitung unter die Tür durch. Es klappte, der Schlüssel fiel auf das Blatt, langsam zog Stan nun das Blatt mit dem Schlüssel zu sich. Vorsichtig und leise öffnete er die Tür.

Nun schlich er zum Gästebett, Angela schlief fest, sie stöhnte. Sie trug eine Augenklappe, ihr Gesicht war geschwollen. Vor dem Bett lagen ihre wunderschönen Haare, alle waren ausgefallen. Stan erschrak, er nahm die Augenklappe von Angelas Kopf ab und schaltete die Nachttischlampe ein. Eine Todesangst hatte Stan, als er die verschrumpelte Gesichtshälfte mit den Narben und Pocken sah. Angela schlief weiter, stöhnte dabei, aber ein Auge schaute Stan an, es war ein grauenhafter Anblick, das war kein Auge, es war ein ganzer Organismus mit Augen und Mund. „Bezahlen werdet ihr alle dafür, bezahlen!", quietschte es aus dem verunstalteten Mund. Stan rannte aus dem Haus und übergab sich. Sofort rief er den Sheriff. Das FBI schaltete sich ein.

The days passed. The children were taken care of by the father, Angela did not come out of the room anymore, she locked herself in. The family was very worried, too. Miller, family doctor, was not received by Angela. One night, Stan set about using a wire to drop the door's key on the floor. Before, he pushed a sheet of the newspaper under the door. It worked, the key fell on the sheet, Stan slowly pulled the sheet with the key to him. Carefully and quietly he opened the door.

Now he sneaked to the guest bed, Angela fell asleep, she groaned. She wore an eyepatch, her face was swollen. Before the bed lay her beautiful hair, all had failed. Stan was startled, he removed the eyepatch from Angela's head and turned on the bedside lamp. Stan was scared to death when he saw the wrinkled half of his face with the scars and smallpox. Angela continued to sleep, groaning, but one eye looked at Stan, it was a horrible sight, it was not an eye, it was a whole organism with eyes and mouth. "You will all pay for it, pay!", it squeaked out of the disfigured mouth. Stan ran out of the house and vomited. He immediately called the sheriff. The FBI intervened.

Die ganze Familie und das ganze Anwesen wurden unter Quarantäne gestellt. Ja, nun sind sechs Monate vergangen. Angelas schönes Gesicht konnte nicht gerettet werden, die plastische Chirurgie tat aber ihr bestes. Aber sie lebt und die Familie wohnt nun in Canada.

Sie fragen nach der Ursache des ganzen Dramas? Eine der Firmen arbeitete mit hochgradigen Säuren. Sicherheitsvorschriften wurden nicht eingehalten. Arbeiter, die in Säurebecken fielen, wurden im Erdreich entsorgt. Arbeiter, die sich verätzten, wurden umgebracht. Auf dem Betriebsgelände wurden 186 Leichen gefunden, 34 Jahre gab es diesen Betrieb, wer weiß, was noch alles ans Tageslicht kommen würde. Der Besitzer stürzte sich am Tag der Durchsuchung in eines der riesigen Säurebecken.

The whole family and the whole property have been quarantined. Yes, six months have passed. Angela's beautiful face could not be saved, but plastic surgery did her best. But she lives and the family now lives in Canada.

You ask for the cause of the whole drama? One of the companies worked with high-grade acids. Safety regulations were not complied with. Workers who fell into acid basins were disposed of in the soil. Workers who burned themselves were killed. 186 bodies were found on the premises, 34 years there was this operation, who knows what else would come to light. The owner pounced on one of the huge acid basins on the day of the search.

Das Unheil kam aus dem Labor

Ich war ein junges Mädchen und lebte mit meinen Eltern in einem Vorort von New York. Brooklyn war meine Heimat. Ich fühlte mich wohl dort, hatte meine Freunde und ging hier zur Schule. Dieser Stadtteil ist nicht gerade der Ort, auf den man besonders stolz sein könnte. Arbeitslosigkeit und Kriminalität dominierten das Straßenbild. Nachdem ich mein Studium in Boston begann, blieb kaum noch Zeit, mich um meine Eltern zu kümmern. Sie wollten unbedingt in Brooklyn alt werden und waren nicht zu bewegen, in eine andere Stadt zu ziehen. Während der Semesterferien besuchte ich meine Eltern Jeff und Mary Watson oft. Mein Name ist Linda. Geheiratet habe ich nie und heute denke ich, es war wohl besser so. Ich habe immer schon die Turbulenzen in meinem Leben geliebt und glaube, dass dies wohl niemand mit mir geteilt hätte. Meine Doktorarbeit schrieb ich mit links. In einem wissenschaftlichen Institut für Meeresbiologie war ich kurz darauf angestellt und konnte frei entscheiden, was zu tun war. Mit der Untersuchung von seltenen Meeresgeschöpfen begann meine Arbeit. Weder ich, noch meine Kollegen, konnten damals ahnen, was uns noch erwartete. Die Arbeit machte mir große Freude, jedoch habe ich mir geschworen, nie mehr einen Fisch zu untersuchen. Zu groß wäre die Angst, wieder böse überrascht zu werden.

The disaster came from the lab

I was a young girl and lived with my parents in a suburb of New York. Brooklyn was my home. I felt comfortable there, had my friends and went to school here. This district is not exactly the place to be proud of. Unemployment and crime dominated the street scene. After I started my studies in Boston, there was not much time left to look after my parents. They absolutely wanted to grow old in Brooklyn and were unable to move to another city. During the semester break, I often visited my parents Jeff and Mary Watson. My name is Linda. I never got married and today I think it was better that way. I have always loved the turbulence in my life and believe that nobody would have shared it with me. I wrote my thesis with links. Shortly thereafter I was employed by a scientific institute for marine biology and was free to decide what to do. My work began with the study of rare marine creatures. Neither me, nor my colleagues, could guess at the time what awaited us. The work made me very happy, but I swore I would never examine a fish again. Too big would be the fear to be surprised again evil.

Nun ja, an diesem Morgen dachte noch niemand an etwas Negatives. Ein Fisch musste in alle Einzelteile zerlegt werden. In einer speziellen Lösung mussten grundlegende Zusammensetzungen der Haut und der Eiweißstoffe erforscht werden. Das Blut wurde untersucht und alles wurde gründlich analysiert. Dieses Tier war unbekannt. Es kam aus einer unglaublichen Tiefe im Ozean, die zuvor noch nie mit einem U-Boot erreicht werden konnte. Erst zu diesem Zeitpunkt war es möglich, solch eine Tiefe mit einem speziellen Gefährt zu erreichen. Das Maul des Fisches hatte eigenartige Zahnreihen, die an ein menschliches Gebiss erinnerten. Seine Augen ähnelten einem alten Mann, der sehr müde war. Wenn ich nicht genau gewusst hätte, dass dieser Fisch tot war, hätte ich denken können, dass er mich jeden Moment anspringt. Nach einigen Untersuchungen stellte sich heraus, dass das Blut des Tieres ähnlich zusammengesetzt war wie das unsere. Doch einige Stoffe waren sehr ungewöhnlich. Um dies zu untersuchen, brauchte ich Zeit. Diese Zeit hatte ich leider nicht. Plötzlich rollte dieses Tier mit den Augen hin und her, als wenn es uns beobachten würde. Das tat er auch. Der Fisch bewegte das Maul, als wenn er reden wollte. Er fing wie wild zu zappeln an. Das Rollen der Augen und die Bewegungen des Maules deuteten darauf hin, dass er uns etwas mitteilen wollte. Es war wie in einem Horrorfilm.

Well, nobody thought of anything negative that morning. A fish had to be disassembled into all its parts. In a special solution, basic compositions of the skin and proteins had to be researched. The blood was examined and everything was thoroughly analyzed. This animal was unknown. It came from an incredible depth in the ocean that had never been reached by a submarine before. Only then was it possible to reach such a depth with a special vehicle. The fish's mouth had peculiar rows of teeth reminiscent of a human dentition. His eyes were like an old man who was very tired. If I had not known for sure that this fish was dead, I would have thought he would jump me at any moment. After some research it turned out that the blood of the animal was similar to ours. But some fabrics were very unusual. To investigate, I needed time. Unfortunately, I did not have that time. Suddenly, this animal rolled its eyes back and forth as if watching us. He did that too. The fish moved its mouth as if it wanted to talk. He started fidgeting wildly. The rolling of the eyes and the movements of the muzzle indicated that he wanted to tell us something. It was like a horror movie.

Wir bekamen es alle mit der Angst zu tun und standen da wie angewurzelt. Die Stimme versagte uns. Schnell wollten wir diesen Spuk beenden. Doch ehe wir noch an etwas anderes denken konnten, platzte dieser Fisch komplett auf. Alle Eingeweide fielen heraus, aber auch ein Ei, das einem Hühnerei ähnelte. Der Horror nahm kein Ende, im Gegenteil. Das Telefon klingelte und meine Mutter Mary rief fast ungehalten vor Aufregung in den Hörer: „Linda, Linda! Vater hat ..." Sie sprach nicht weiter. „Bitte rede weiter!", sagte ich zu ihr. „Was ist mit Dad?" Sie sprach weiter: „Er brachte heute einen Fisch vom Angeln mit nach Hause." Sie redete wieder nicht weiter. „Ma, was ist los?" „Dieser Fisch sah ungewöhnlich aus, ja gruselig. Er hatte menschliche Züge." „Und weiter, Ma?" „Ja, das war nicht das Schlimmste. plötzlich zappelte er wie wild herum, obwohl er tot war. Und sein Körper platzte auf. Ein Ei, so groß wie ein Hühnerei rollte heraus. Mich schüttelt es!", sagte meine Mutter. Ich sagte ihr, dass sie nichts anrühren sollte. „Lasst alles so liegen, bis ich euch jemanden vom Tierschutz geschickt habe", sagte ich ihr eindringlich. „Und schließ den Raum gut ab, in dem dieses Untier liegt." „Ich will es so machen, Linda, ich habe furchtbare Angst." „Wir auch", sagte ich mit einer beruhigenden Stimme, zu der ich mich zwingen musste. „Hier im Institut ist der Horror ausgebrochen", sagte ich ihr. „Linda wir haben panische Angst!", sagte meine Mutter.

We all got scared and stood there rooted to the spot. The voice failed us. Quickly we wanted to end this haunting. But before we could think of anything else, this fish burst completely. All the guts fell out, but also an egg that resembled a chicken egg. The horror did not end, on the contrary. The phone rang and my mother, Mary, almost indignantly called out with excitement: "Linda, Linda! Father has ..." She stopped talking. "Please continue!" I told her. "What about Dad?" She continued: "He brought home a fish from angling today." She stopped talking again. "Ma, what's up?" "This fish looked unusual, really scary. He had human traits." "And on, Ma?" "Yes, that was not the worst. He suddenly fidgeted wildly, though he was dead. And his body burst open. An egg as big as a chicken egg rolled out. It shakes me!" said my mother. I told her that she should not touch anything. "Leave it all until I've sent you someone from Animal Welfare." I told her urgently. "And close the room where this beast lies." "I want to do it, Linda, I'm terribly scared." "So do we." I said in a calming voice that I had to force myself to do. "The horror broke out here at the institute.", i told her. "Linda, we are terrified!", my mother said.

Ich versuchte sie zu beruhigen und empfahl ihr, das Zimmer abzuschließen, in dem sich der Fisch und das Ei befanden. Vorsichtig legte ich mit meinen Kollegen das makaber anmutende Ei in den Brutschrank. Der Fisch, obwohl er aufgeschnitten war, lebte immer noch. Aus seinem menschenähnlichen Maul kamen komische Laute. Er sagte: „Mein Auftrag ist erledigt. Niedergang der Menschheit." Sämtlichen Angestellten des Institutes stockte der Atem. Wir konnten und wollten nicht wahrhaben, was wir da hörten. Was war hier los? War es Realität oder Traum? Bei meinen Eltern in Brooklyn sah es schlecht aus. Plötzlich brach ein Stück der Schale aus dem Ei. Auch im Brutkasten des Instituts tat sich etwas Furchterregendes. Statt einer Feder oder einem Schnabel, wie man vermutet hätte, kam ein winziger Finger zum Vorschein. Keiner wagte sich zu bewegen und das Entsetzen konnte man in den Augen der Leute beobachten. Abermals wiederholte der Fisch das, was er vorher gesagt hatte. Schweigend schauten sich alle an. Das Ei im Brutkasten platzte wieder ein Stück auf. Und wir sahen den Teil einer menschlichen Schulter. Die Haut war gelb und verschrumpelt. Zotteliges Haar bedeckte die Haut. „Wir müssen etwas unternehmen!", rief Jack sofort. Er war meine rechte Hand im Institut. Wieder brach ein Stück Schale heraus. Ein ausgewachsener Mensch, wenn man das überhaupt so sagen konnte, kletterte heraus. Der Horror nahm kein Ende.

I tried to calm her down and told her to close the room where the fish and the egg were. Carefully, I and my colleagues placed the macabre-looking egg in the incubator. The fish, though cut open, was still alive. From his humanlike mouth came strange sounds. He said: "My job is done. Decline of humanity." All employees of the institute gasped. We could not and did not want to realize what we heard. What was going on here? Was it reality or a dream? My parents in Brooklyn looked sick. Suddenly a piece of the shell broke out of the egg. Also in the incubator of the institute something terrifying happened. Instead of a feather or a beak, as one would have thought, a tiny finger came to the fore. No one dared to move and the horror could be seen in the eyes of the people. Once again the fish repeated what he had said before. Everyone looked at each other in silence. The egg in the incubator burst open again. And we saw the part of a human shoulder. The skin was yellow and shriveled. Shaggy hair covered the skin. "We have to do something!" Jack shouted immediately. He was my right hand in the institute. Again a piece of shell broke out. An adult, if you could say that at all, climbed out. The horror never stopped.

Erneut rief meine Mutter an. Das Wesen, das aus diesem Ei kletterte verwandelte sich innerhalb von Minuten in ein Monster von über zwei Metern. Es schrie wild: „Ich werde euch auslöschen. Ihr seid schon immer für unseren Planeten Andromega eine Bedrohung gewesen. Jetzt reicht es. Der Fisch war unser einziges Transportmittel, da wir aus den Tiefen der Ozeane kommen. Unsere Galaxie ist einzigartig. Nur durch die Meere können wir hier her kommen. Da Andromega unendlich weit von der Erde entfernt ist, haben selbst wir noch keine andere Möglichkeit gefunden zu euch zu kommen. Euren Müll schießt ihr ins All und alles landet auf Andromega. Wir ersticken daran. Wir hatten eine wunderbare Vegetation, die sich nun nicht mehr entfalten kann. Unsere Atmosphäre war rein. Die Luft konnte man atmen. Jetzt hängt ein ewiger Schleier über unserem Planeten. Was seid ihr nur für ein elendes Volk. Voller Gleichgültigkeit und Herrschsucht. Dachtet ihr denn, dass ihr auf Dauer so weiter machen könnt? Jetzt bin ich hier und werde diesen Planeten in Augenschein nehmen. Wir wollen hier leben, da es auf Andromega nicht mehr möglich ist. Nur eines stört gewaltig und das seid ihr, Menschenvolk. Ihr habt uns Schlimmes angetan und dafür müsst ihr bezahlen." Meine Mutter hatte den Hörer danebengelegt, sodass ich alles mit anhören konnte. Mir wurde schlecht. Meine Sinne schwanden und mir fiel es verdammt schwer mich zu konzentrieren.

Again my mother called. The creature that climbed out of this egg turned into a monster over two meters in minutes. It screamed wildly: "I'll wipe you out. You have always been a threat to our planet Andromega. That's enough. The fish was our only means of transport as we come from the depths of the oceans. Our galaxy is unique. Only through the seas can we come here. Since Andromega is infinitely far from the earth, even we have no other way to come to you. You dump your garbage into space and everything lands on Andromega. We choke on it. We had a wonderful vegetation that can no longer unfold. Our atmosphere was pure. The air could be breathed. Now an eternal veil hangs over our planet. What are you but for a wretched people? Full of indifference and domination. Did you think that you could go on like this in the long run? Now I am here and will take a look at this planet. We want to live here because Andromega is no longer possible. Only one thing disturbs tremendously and that's you, human race. You've done us bad things and you've got to pay for them." My mother had put the phone down so I could listen to everything. I got sick. My senses faded and I found it hard to concentrate.

Wir mussten nun schnell handeln bevor es zu spät war. Denn: Wie viele Eier sind schon auf diese Weise hier her gekommen? Wir konnten es nur ahnen. Auch im Institut spitzte sich die Situation dramatisch zu. Das Ei sprang weiter auf. Eine ekelige Gestalt kletterte heraus, die sich auch hier in Windeseile in ein zwei Meter großes Monstrum verwandelte. Jack konnte noch ungesehen in den Nebenraum verschwinden, um Hilfe zu rufen. Er rief den Präsidenten an, der anfänglich nicht glauben konnte, was er da hörte. Aber er veranlasste alles. „Bitte versucht in der Zeit diese Kreatur hinzuhalten", sagte der Präsident. „Wir werden so schnell wie möglich da sein. Das Militäraufgebot ist schließlich riesig und nicht in Kürze zusammen zu ordern." Jack ging zurück ins Labor und gab uns ein Zeichen, sodass wir wussten, dass Hilfe kam. Da der Hörer in Brooklyn immer noch neben dem Apparat lag, konnte ich hören, was dort passierte. Meine Eltern schrien laut und verzweifelt und ich konnte nichts machen. Auch dort war Hilfe im Anmarsch. Meine Mutter weinte und rief immer den Namen meines Vaters. „Bitte lass uns zu Frieden!", rief sie. „Wir können doch nichts dazu." Doch diese grausame Kreatur schleuderte meinen Vater vor die Wand, sodass er sofort tot war. „Jeff, Jeff!", rief sie. Er gab keine Antwort mehr. Ein Grummeln und Grunzen war zu hören und ich betete, dass er meine Mutter leben lassen würde.

We had to act fast before it was too late. Because: How many eggs have come here in this way? We could only guess it. Also in the institute the situation came to a headache dramatically. The egg kept jumping up. A disgusting figure climbed out, turning into a two-meter monster at lightning speed. Jack could disappear unseen into the next room to call for help. He called the president, who initially could not believe what he was hearing. But he arranged everything. "Please try to stop this creature in time.", the president said. "We will be there as soon as possible. After all, the military service is huge and will not be ready soon." Jack went back to the lab and signaled us so we knew help was coming. As the listener in Brooklyn was still lying next to the phone, I could hear what was happening there. My parents screamed loud and desperate and I could not do anything. Help was also arriving there. My mother cried and always called my father's name. "Please let us have peace!", she called. "We can not help it." But this cruel creature hurled my dad against the wall, causing him to die instantly. "Jeff, Jeff!", she called. He gave no answer. There was a grunt and a grunt and I prayed he would let my mother live.

Im Labor baute sich das Monster vor den Mitarbeitern auf und sagte: „Nun ist es endlich soweit. Ich werde meinen Auftrag erfüllen und schauen, ob wir hier wohnen können. Alle Bewohner aus Andromega sind auf dem gleichen Weg unterwegs. Ihr werdet ausgerottet werden, denn dafür habt ihr uns zu viel angetan. Da wir alle diese Größe haben, könnt ihr nicht viel gegen uns ausrichten." Es grunzte und der Sabber lief ihm aus dem Maul. „Ha, ha", sagte es. „Das wird euch nichts nutzen." Es nahm zwei meiner Kollegen, schleuderte sie herum und schlug sie vor die Wand, sodass sie sofort tot waren. Blut tropfte an den Wänden herunter. „Linda, Linda!", hörte ich laut durch den Hörer. Plötzlich ein Aufschrei. Auch meiner Mutter konnte nicht mehr geholfen werden. Leider war in diesem Moment an Trauer nicht zu denken, denn ich musste aus der schlimmen Situation herauskommen. Nur wie? Ich sprach das Untier an: „Ich will dir einen Vorschlag machen, bitte hör mir nur einen Augenblick zu." Mir zitterte die Stimme, doch es durfte nicht merken wie schlecht es mir ging. „Wir wollen alles wieder gutmachen, was wir euch angetan haben. Wir werden euren Planeten wieder bewohnbar machen", sagte ich mit zitternder Stimme. „Aber wie wollt ihr uns erreichen?", fragte das Wesen. „Die NASA hat geheime Informationen darüber, wie man auch sehr weit entfernte Planeten erreichen kann. Lichtgeschwindigkeit ist schon kein Thema mehr. Informationen wird der Präsident mitbringen."

In the lab, the monster built in front of the staff and said, "Now the time has come. I will fulfill my mission and see if we can live here. All residents of Andromega are traveling the same way. You will be exterminated because you have done too much to us. Since we are all of this size, you can not do much against us." It grunted and the slob ran out of its mouth. "Ha, ha!", it said. "It will not do you any good." It took two of my colleagues, hurled them over and hit them in the wall, causing them to die instantly. Blood dripped down the walls. "Linda, Linda!", I heard aloud through the phone. Suddenly an outcry. Also my mother could not be helped anymore. Unfortunately, grief was out of the question at that moment because I had to get out of the bad situation. But how? I spoke to the monster: "I want to make you a suggestion, please just listen to me for a moment." My voice trembled, but it did not notice how bad I was. "We want to make up for everything we've done to you. We will make your planet habitable again, "I said in a trembling voice." But how are you going to reach us?", the creature asked. "NASA has secret information on how to reach even very distant planets. Speed of light is no longer an issue. The President will bring information."

„Ich werde mir anhören was er zu sagen hat", sagte das Wesen. Einige Minuten später wurde das Institut umstellt und die Tür zum Labor aufgerissen. Soldaten mit schweren Maschinenpistolen feuerten von allen Seiten auf das Ungeheuer. Es fiel nicht um, sondern löste sich in Nichts auf. „War das alles nur ein Traum?", fragte ich. „Nein!", antwortete Bob, ein Kollege, der gerade seinen Doktor in Biologie gemacht hatte. „Leider haben wir die Realität erlebt. Nur wissen wir nicht, wie viele von diesen scheußlichen Gestalten schon unter uns sind." Überall in den Staaten wurde der Notstand ausgerufen, die Menschen sollten bei dem kleinsten Verdacht den Präsidenten und das Militär benachrichtigen. Meine Eltern hatte ich verloren, das konnte ich nicht mehr rückgängig machen. Aber ich hatte eines verstanden. Wir Menschen müssten endlich begreifen, dass wir nicht einzigartig sind, dass wir mit dem, was wir haben, nicht sorglos umgehen könnten. Und wer weiß, wie lange es noch dauern würde, bis wir selbst uns einen anderen Planeten suchen müssten, damit die wir weiter existieren könnten. Halten wir den Weltraum sauber und lernen wir endlich Zurückhaltung und Demut für das, was uns geschenkt wurde.

"I'll listen to what he has to say.", said the creature. A few minutes later, the institute was surrounded and the door to the lab tore open. Soldiers with heavy submachine guns fired at the monster from all sides. It did not fall, but dissolved into nothing. "Was it all just a dream?", I asked. "No!", replied Bob, a colleague who was just finishing his doctor in biology. "Unfortunately, we have experienced the reality. However, we do not know how many of these horrible characters are already among us." Across the states, the state of emergency was declared that people should notify the President and the military with the slightest suspicion. I had lost my parents, I could not undo that. But I understood one thing. We humans should finally realize that we are not unique, that we can not deal with what we have with care. And who knows how long it would take for us to find another planet ourselves so that we could continue to exist. Let's keep the space clean and finally learn restraint and humility for what has been given to us.

Der Opfergang

Die Inspektoren Bob Nelson und Nick Brando hatten im Stadtteil Manhattan ein kleines Büro. Dieses Büro suchten nur ganz bestimmte Leute mit besonderen Problemen auf. An der Tür stand „Police" und darunter in kleiner Schrift „Geisterjäger". Kleine Schrift wurde aus dem Grundgenutzt, dass es nicht jeder auf Anhieb lesen sollte, denn sie schämten sich für ihre fast unglaubhafte Arbeit. Aber in den letzten Jahren waren zu viele mysteriöse Dinge geschehen, die auch einen erfahrenen Geisterjäger schockierten. Immer wieder wurden sie gerufen. Nur Bob Nelson und Nick Brando hatten sich jedes Mal bereiterklärt zu helfen. Im Laufe der Zeit spezialisierten sie sich auf dem Gebiet der Geisterjagd. Nichts entging ihrer Aufmerksamkeit. Aber fast immer gewannen sie den Kampf gegen das Böse. An diesem Oktobermorgen, es war noch dunkel und nebelig, klopfte es heftig an der Bürotür. Beide erschraken und richteten den Blick zur Tür. Sie wussten, dass wieder Arbeit auf sie wartete.

„Herein!", rief Nelson. Ein junges Paar betrat den Raum. Kreidebleich im Gesicht, fingen sie fast gleichzeitig an zu reden: „Drüben am Waldrand, haben wir uns ein Haus gekauft. Wir wollten dort wohnen, bis wir alt werden. Außerdem ist meine Frau schwanger.", sagte der Mann.

The sacrifice

Inspectors Bob Nelson and Nick Brando had a small office in the Manhattan district. This office was only visited by very specific people with special problems. At the door was "Police" and in small letters "Ghostbusters". Small font was used for the reason that not everyone should read it straight away, because they were ashamed of their almost incredible work. But in the last few years, too many mysterious things had happened that also shocked an experienced ghost hunter. Again and again they were called. Only Bob Nelson and Nick Brando had agreed to help each time. Over time, they specialized in the field of ghost hunting. Nothing escaped her attention. But almost always they won the fight against evil. On this October morning, it was still dark and foggy, there was a heavy knock on the office door. Both were startled and turned their eyes to the door. They knew that work was waiting for them again.

 "Come in!" Nelson shouted. A young couple entered the room. Chalk-white in the face, they began to speak almost simultaneously: "Over at the edge of the forest, we bought a house. We wanted to stay there until we grow old. Besides, my wife is pregnant.", said the man.

Das Haus wäre groß genug für eine Familie. „Am ersten Abend, nachdem wir eingezogen waren, spielte sich nichts Ungewöhnliches ab. Aber am nächsten Tag ging es los. Der Horror begann. Seit einigen Wochen ist dieses Haus unser Zuhause, dachten wir jedenfalls. Ruhe fanden wir bisher nicht. Unsere ganzen Ersparnisse sind für den Kauf des Hauses draufgegangen. Wo sollten wir sonst hin?" „Sachte, immer sachte", sagte Bob Nelson in seiner lässigen Art. „Jetzt beruhigen sie sich doch etwas und erzählen sie uns in aller Ruhe, was geschehen ist." Anne Baker sprach: „Ich ging eines Morgens in die Küche, wollte mir einen Kaffee machen. Mein Mann fuhr sehr früh ins Büro. Ich war allein im Haus. Ich weiß nicht, ob ich überhaupt was sagen soll. Sie werden mir bestimmt nicht glauben. Auch das, was mein Mann ihnen sagen will, klingt irgendwie unglaubhaft." Nick Brando antwortete: „Aber Miss Baker, dafür sind wir doch da, um gerade solche Fälle zu klären." Nun sprach sie weiter: „Es stand, wie aus dem Nichts, eine Frau im Nonnengewand vor mir. Sie glotzte mich mit weit aufgerissenen Augen an und krächzte hysterisch und bösartig: Wir wollen dein Kind, wir werden es uns holen, wenn es soweit ist. Dann war sie plötzlich wieder verschwunden ...

The house would be big enough for a family. "The first evening, after we moved in, nothing unusual happened. But the next day it started. The horror began. For some weeks, this house is our home, we thought anyway. We have not found peace yet. All our savings went to buy the house. Where else should we go?" "Gentle, always gentle", said Bob Nelson casually. "Now calm down and calmly tell us what happened." Anne Baker said: "I left one In the morning in the kitchen, wanted to make me a coffee. My husband drove to the office very early. I was alone in the house. I do not know if I should say anything at all. You will not believe me. Also, what my husband wants to say to them sounds kind of incredible." Nick Brando replied: "But Miss Baker, we're here to sort out those cases." She continued: "It was like that Nothing, a woman in a nun's robe in front of me. She stared at me wide-eyed and croaked hysterically and viciously: We want your child, we'll get it when the time comes. Then she suddenly disappeared again ...

… Am Abend erzählte ich es meinem Mann, doch so recht glaubte er mir nicht und schob es auf meine Schwangerschaft. Nein, nein antwortete ich ihm, mein Verstand hat mir keinen Streich gespielt. Ich habe sie wirklich gesehen. Roger nahm mich in den Arm und riet mir, darüber zu schlafen. Aller ein paar Tage tauchte von da an diese wahnsinnige Nonne auf. Nicht nur in der Küche überraschte sie mich, sondern überall dort, wo ich mich gerade aufhielt. Mittlerweile glaubt Roger mir." „Das klingt alles sehr unglaubwürdig, ist aber nichts Neues für uns. Solche Fälle hatten wir hier in den letzten Wochen mehr als genug", meinte Nick Brando.

„Nun ja", fuhr Roger fort, „ich ging in den Keller. Da ständig die Sicherungen herausflogen, wollte ich nachsehen, was da los ist. Da standen sie im Kreis. Sechs Nonnen. Es war ein Zeichen auf dem Boden gemalt, aber ich konnte es nicht erkennen. Es war zu dunkel. Monotone Sprechchöre waren zu hören, so etwas wie eine Beschwörung. Schwarze Kerzen leuchteten an den Wänden des Kellergewölbes. Auf einmal ging eine der Nonnen weg. Sie verschwand einfach durch das dicke Mauerwerk. Wenig später kam sie mit einem Säugling auf dem Arm wieder. Wenn ich es nicht mit eigenen Augen gesehen hätte, könnte auch ich es nicht glauben."

... In the evening I told my husband, but he did not believe me right and put it on my pregnancy. No, no, I answered him, my mind did not play a trick on me. I really saw her. Roger hugged me and told me to sleep over it. Every few days, this crazy nun appeared from then on. Not only in the kitchen, she surprised me, but everywhere, where I just stayed. Roger now believes me." "That sounds very unbelievable, but it's nothing new to us. Such cases have been more than enough here in recent weeks.", said Nick Brando.

"Well", Roger went on, „I went to the basement. As the backups flew out all the time, I wanted to see what was going on there. There they stood in a circle. Six nuns. It was a sign painted on the floor, but I could not recognize it. It was too dark. Monotonous chants were heard, something like an incantation. Black candles shone on the walls of the basement vault. Suddenly one of the nuns left. She just disappeared through the thick brickwork. A little later she came back with a baby in her arms. If I had not seen it with my own eyes, I, too, could not believe it."

Die Angst stand ihm ins Gesicht geschrieben. „Reden sie weiter, Mister Baker", sagte Bob Nelson locker wie immer. Roger stotterte hektisch: „Sie legte das Kind in die Mitte des Kreises und sprach eine Beschwörungsformel. Als das Kind schrie, wurde es sofort umgebracht. Das ganze Spektakel dauerte eine halbe Stunde. Anschließend löste sich alles vor meinen Augen in Luft auf. Meine Selbstbeherrschung hatte ich nicht mehr im Griff, als ich nach oben ging. Der Strom schaltete sich wieder ein, ohne dass ich eine neue Sicherung brauchte." „Mein Gott!", sagten beide Inspektoren fast gleichzeitig, „Das ist ja mehr als grauenhaft." Anne Baker weinte. „Ich habe Angst um das Baby, was sollen wir nur tun?" „Miss Baker, genau dafür sind wir da, bitte machen Sie sich keine Sorgen", sagte Bob. „Geister müssen, um sie unschädlich zu machen, ignoriert werden. Einfach nicht beachten, wenn es wieder geschieht. Gehen Sie nun erst mal nach Hause. Warten Sie ab, wir werden uns in den nächsten Tagen bei Ihnen melden, sobald wir etwas herausgefunden haben." Roger und Anne Baker gingen Hand in Hand zu ihrem Auto, setzten sich in den alten Ford und fuhren weg. Wieder ereignete sich Tage später etwas Grausames im Hause der Bakers. Sie wollten gerade ins Haus gehen und mussten feststellen, dass die Haustür offenstand. Bluttropfen waren zu sehen.

The fear was written in his face. "Keep talking, Mr. Baker.", Bob Nelson said casually, as always. Roger stuttered frantically: "She put the child in the middle of the circle and spoke a mantra. When the child screamed, it was killed immediately. The whole spectacle lasted half an hour. Then everything dissolved in front of my eyes in air. I had no control over my self-control when I went upstairs. The power went back on without me needing a new fuse." "My God!", Both inspectors said almost simultaneously. "That's more than horrible." Anne Baker cried. "I'm worried about the baby, what should we do?" "Miss Baker, that's what we're here for, please do not worry.", Bob said. "Ghosts must be ignored to render them harmless. Just do not pay attention when it happens again. Now go home. Wait, we'll get back to you in the next few days as soon as we find out." Roger and Anne Baker went hand in hand to their car, sat in the old Ford and drove away. Again days later, something horrible happened in the Bakers' home. They were about to go inside and realized that the front door was open. Blood drops were visible.

Sie befanden sich überall an den Wänden und auf den Teppichen. Sogar die Möbel waren beschmiert. Anne schrie laut und konnte sich nicht beruhigen. Roger versuchte seiner Frau klarzumachen, dass sie schwanger war und an das Kind denken sollte.

Er versuchte das Blut abzuwischen, doch es kam immer wieder durch. Eine große Schrift mit Blut geschrieben tauchte an der Wand auf. Es stand darauf: „Wir werden dein Kind holen. Denke nicht, du bleibst verschont." Dann plötzlich waren die Schrift und die Blutsflecken verschwunden. Anne und Roger liefen hinauf in ihr Schlafzimmer, schlossen sich ein und kauerten engumschlungen im Bett. Keiner von den beiden traute sich, etwas zu sagen. Die Tage vergingen ohne besondere Zwischenfälle. Inspektor Bob Nelson und Nick Brando forschten eifrig und fanden heraus, nachdem sie fast alle Ämter, Kloster, Stadthäuser und Archive abgegrast hatten, dass dort, wo sich das Haus der Brandos befand, vor einhundert Jahren ein Kloster stand. Die Nonnen die darin lebten, hielten schwarze Messen in den Kellergewölben ab. Als Geschenk für den Herrn, so nannten sie den Teufel, opferten sie neugeborene Kinder. Die Babys bekamen sie von misshandelten Frauen, die im Kloster Schutz suchten. Dabei gingen sie brutal vor. Sie entrissen ihnen regelrecht die Kinder.

They were everywhere on the walls and on the carpets. Even the furniture was smudged. Anne screamed loudly and could not calm down. Roger tried to make it clear to his wife that she was pregnant and should think about the child.

He tried to wipe the blood, but it kept coming through. A large font written in blood appeared on the wall. It said: "We will get your child. Do not think you'll be spared."
Then suddenly the writing and the bloodstains had disappeared. Anne and Roger ran up to their bedroom, locked themselves, and huddled tightly in bed. Neither of them dared say anything. The days passed without any special incidents. Inspector Bob Nelson and Nick Brando searched eagerly and found, after grazing almost all offices, convents, townhouses and archives, that there was a monastery a hundred years ago, where the Brandos house was. The nuns who lived in it held black masses in the cellar vaults. As a gift to the Lord, so they called the devil, they sacrificed newborn children. The babies were given to them by abused women who sought shelter in the monastery. They were brutal. They literally snatched the children from them.

Die Nonnen warteten erst gar nicht den Geburtstermin ab, sondern schnitten den Müttern einfach den Bauch auf und holten das unschuldige Lebewesen heraus. Meistens starben die Frauen und wurden dann in den Wänden eingemauert. Keiner fragte nach ihnen, sie wurden nie vermisst. Nun waren die beiden Inspektoren gefragt. Durch die Erfahrung, die sie im Laufe der Zeit machten, wussten sie genau, wie sie sich in solchen Situationen verhalten mussten. Nelson und Brando fuhren los, bepackt mit Utensilien, die der Geisterbekämpfung dienten. Am Haus der Bakers angekommen, fanden sie zwei Menschen vor, die kaum noch ein klares Wort sprechen konnten. Sie zitterten am ganzen Leib und erzählten, was in den letzten Tagen passiert war. Die Geisterjäger, so nannten sich die beiden Männer, gingen an die Arbeit. Nick sagte noch: „Bitte packen Sie das Nötigste ein, Sie werden vorläufig in ein Hotel gehen. Sie bleiben so lange dort, bis wir Sie rufen." Für Nick und Bob begann jetzt der schwierige Teil. Sie warteten die Dunkelheit ab. Etwas mulmig war ihnen schon, zumal sie in Erfahrung gebracht hatten, welche grausamen Dinge an diesem Ort einst geschahen. Nick stellte eine Infrarotkamera auf und schaltete sie ein. Bob montierte noch gerade ein Geräuschaufnahmegerät, das auch die feinsten und leisesten Töne aufzeichnete. Plötzlich hörten sie mystische Gesänge. Sie gingen in den Keller. Sprechchöre und Beschwörungsformeln drangen an ihre Ohren.

The nuns did not even wait for the birth, but simply cut open the mother's stomach and brought out the innocent creature. Mostly the women died and were then walled up in the walls. No one asked for them, they were never missed. Now the two inspectors were in demand. Through the experience they had over time, they knew exactly how to behave in such situations. Nelson and Brando drove off, loaded with utensils used to fight ghosts. When they arrived at the Bakers' house, they found two people who barely had a word to say. They were trembling and telling what had happened in the last few days. The ghost hunters, as the two men called themselves, set to work. Nick said: "Please pack the essentials, you will temporarily go to a hotel. They stay there until we call you." Nick and Bob started the hard part. They waited for the darkness. They were a bit queasy, especially since they had learned what cruel things happened in this place. Nick set up an infrared camera and turned it on. Bob was mounting a sound recording device that recorded even the finest and quietest sounds. Suddenly they heard mystical songs. They went to the basement. Chants and incantations came to their ears.

Sie trauten ihren Augen nicht. Das, was sie sahen, ließ sie vor Schreck erstarren. Eine Teufelsanbetung mit sechs Nonnen die sich im Kreis aufgestellt hatten. In der Mitte des Kreises weinte ein Baby. Die Nonne ging hin und schrie: „Hör auf zu jammern du armselige Kreatur." Sie klebte dem Säugling den Mund zu, bis es sich nicht mehr bewegte. Die Gesänge wurden immer eindringlicher. „Wir müssen handeln Bob", flüsterte Nick. Noch ehe der Gedanke zu Ende gedacht war, tauchte über den Nonnen, oberhalb des Deckengewölbes, ein riesiger Kopf auf. Grausam verzerrt die Fratze, feuerrote Augen und Blut rann ihm aus dem Maul. „Der Teufel persönlich", sagte Bob. „Ich werde mindestens ein Jahr lang Albträume haben. Wir brauchen Feuer. Alles muss verbrannt werden." Nick fand einen Kanister mit Benzin in der anderen Ecke des Kellers. Sie schütteten alles auf den Boden. Damit es heftig brennen konnte, trugen sie Pappe und Papier zusammen. Es brannte lichterloh, die Flammen schlugen gnadenlos zu und fraßen sich durch das ganze Haus. Dann vernahmen sie noch eine Stimme, die hysterisch schrie: „Freut euch nicht zu früh, wir kommen wieder!"

They did not trust their eyes. What they saw made them freeze in terror. Devil worship with six nuns in a circle. In the middle of the circle a baby was crying. The nun went and shouted: "Stop whining, you poor creature." She closed the baby's mouth until it stopped moving. The songs became more and more intense. "We have to act Bob.", Nick whispered. Even before the thought was finished, a huge head appeared above the nuns, above the vaulted ceiling. His face was cruelly distorted, his eyes red with fiery red, and blood was running out of his mouth. "The devil personally.", said Bob. "I will have nightmares for at least a year. We need fire. Everything has to be burned." Nick found a canister of gas in the other corner of the basement. They poured everything on the ground. To make it burn hard, they gathered cardboard and paper together. It burned brightly, the flames beat mercilessly and ate through the whole house. Then they heard another voice that screamed hysterically: "Do not rejoice too soon, we'll be back!"

Nick und Bob mussten, von der Straße aus, mit ansehen, wie das Haus niederbrannte. „Es ist wohl besser so", meinte Nick. Roger und Anne bekamen ein Ersatzhaus. Dafür sorgten die Bewohner des Stadtteils. Sie spendeten und gaben dem jungen Paar alles, was sie erübrigen konnten. Alle hielten fest zusammen, denn jeder konnte der nächste in diesem Gruselkabinett sein. Das neue Haus stand am anderen Ende des Stadtteils. Es war zwar etwas baufällig, aber alle packten mit an, um es wieder herzurichten. Mit Kleiderspenden und gebrauchten Möbeln wurden sie versorgt. Lange würden sie brauchen, um darüber hinwegzukommen. Aber sie lebten, und nur das war wichtig. Ob es nun im Stadtteil Manhattan in Zukunft ruhiger werden würde, wusste man nicht so genau. Jedoch Nick und Bob hielten sich stets bereit, um jederzeit den Kampf mit dem Bösen aufzunehmen.

Nick and Bob had to watch from the street as the house burned down. "It's better that way.", Nick said. Roger and Anne got a replacement house. This was ensured by the inhabitants of the district. They donated and gave the young couple everything they could spare. Everyone was holding tight because everyone could be next in this horror cabinet. The new house stood at the other end of the district. It was a bit dilapidated, but everyone joined in to fix it. They were supplied with clothes donations and used furniture. They would take a long time to get over it. But they lived, and only that was important. Whether it would be quiet in the district of Manhattan in the future, you did not know exactly. However, Nick and Bob were always ready to take on the fight with evil at any time.

Der Ring – Die Welt der Tepto

Der kleine Bauernhof in Süd-Schweden brachte nicht viel ein. Hanna und Erik Lörensen verkauften ihre wirklich gute Ware mit wenig Gewinn. Nun, dafür hatten sie ihre Stammkundschaft, verhungern würden die Lörensen nicht. Erik schaute sich heute auf dem Feld die Kartoffeln an. Mitten auf dem Feld bemerkte er, dass die Ernte dort sehr schrumpelig umher lag. Alle anderen Kartoffeln sahen wie immer prächtig aus. Etwa zehn Quadratmeter aber waren verdorben. Erik dachte, dass die Bewässerung dort nicht funktioniert hätte und ging der Sache auf den Grund. Genau im Zentrum fand er einen etwa sechzig Zentimeter tiefen Krater. So etwas war ja bekannt, es würde sich um einen kleinen Himmelskörper handeln. Erik kniete nieder und suchte nach einem Meteoriten. Doch einen solchen fand er nicht. Erik dachte, dass bereits ein Meteoriten-Jäger den Fund geborgen haben könnte. „Oh, was sehe ich, er hat wohl seinen Ring dabei verloren.", freute sich Erik. Er funkelte nicht nur, er leuchtete regelrecht, er war golden, einen Stempel mit dem Goldwert konnte Erik allerdings nicht entdecken. Wie kleine Leuchtdioden strahlten die Lichter, aber es waren keine LED zu entdecken, der Ring strahlte von innen durch das Metall. „Na, egal!", dachte sich Erik. Schon Ewigkeiten hatte er seiner Frau nichts mehr schenken können.

The Ring - The World of Tepto

The small farm in southern Sweden did not bring much. Hanna and Erik Lörensen sold their really good product with little profit. Well, they had their regular customers, the Lörensen would not starve. Erik looked at the potatoes in the field today. In the middle of the field he noticed that the harvest was very shriveled there. All other potatoes looked gorgeous, as always. But about ten square meters were spoiled. Erik thought that irrigation would not work there and got to the bottom of it. Right in the center he found a crater about six inches deep. Such a thing was known, it would be a small celestial body. Erik knelt down and searched for a meteorite. But he did not find one. Erik thought that a meteorite hunter might have recovered the find. "Oh, I see, he probably lost his ring.", Erik said happily. Not only did it sparkle, it was glowing, it was golden, but Erik could not spot a stamp of gold value. The lights shone like small LEDs, but there was no LED to detect, the ring radiated from the inside through the metal. "Well, never mind!", Erik thought. He had not been able to give his wife anything for ages.

Bis zu ihrem Geburtstag in zwei Monaten wollte Erik mit dem Geschenk nicht warten. Vielleicht würden dem Ring die Batterien ausgehen!

Am Abend bereitete Hanna Bratkartoffeln mit Köttbullar. Sie selbst aß zwar lieber Kartoffelpüree dazu, aber Erik liebte Bratkartoffeln mit viel Speck. „Mein Schatz, schon lange habe ich dir nichts mehr schenken können", sagte Erik mit leiser Stimme. „Nein!", fiel ihm Hanna ins Wort. „Deine Liebe erhalte ich jeden Tag!" „Das ist lieb von dir, aber mit diesem Ring will ich vieles gut machen!", fuhr Erik fort. Hanna freute sich riesig, er passte auf den Mittelfinger. Bei dem anschließenden Fernsehprogramm musste Hanna die Hand unter ein Kissen legen, so hell strahlte der Ring. „Ach, Hanna, irgendwann sind die Batterien leer, dann wird er dunkler!", flachste Erik. Tage vergingen, die Ernte war eingefahren, Hanna verkaufte die frische Ware im kleinen Ladenlokal. Jeder bestaunte den Ring, nur, abnehmen konnte Hanna den Ring nicht mehr. Mit jedem Tag, der verging, wurde Hanna schwächer. Erik bemerkte auch, dass seine Frau schneller alterte. Die Haut veränderte sich. Beide suchten einen Arzt auf. Zu einer großen Untersuchung wurde Hanna in ein Krankenhaus eingewiesen. Man fand nichts.

Erik did not want to wait with the gift until her birthday in two months. Maybe the ring would run out of batteries!

In the evening Hanna prepared fried potatoes with Köttbullar. She preferred to eat mashed potatoes, but Erik loved fried potatoes with lots of bacon. "My darling, I have not been able to give you anything for a long time.", Erik said in a low voice. "No!", Hanna interrupted him. "I receive your love every day!" "That's nice of you, but with this ring I want to do a lot of good!", Erik continued. Hanna was happy, he took care of the middle finger. In the subsequent television program Hanna had to put her hand under a pillow, as bright as the ring. "Oh, Hanna, at some point the batteries are empty, then it gets darker!", flattest Erik. Days passed, the harvest was brought in, Hanna sold the fresh goods in the small shop. Everyone marveled at the ring, only Hanna could no longer take off the ring. With each passing day, Hanna became weaker. Erik also noticed that his wife was aging faster. The skin changed. Both went to see a doctor. Hanna was admitted to a hospital for a major examination. Nothing was found.

Die Ärzte vermuteten eine Überarbeitung. Mit einer Gesichtscreme versuchte Hanna gegen die immer stärker werdenden Falten anzugehen. „Es wird wohl die Sonneneinstrahlung auf dem Feld sein, ich hätte auch besser einen Strohhut tragen sollen", sagte Hanna beim Abendessen zu Erik. Erik fiel im Laufe der Zeit auf, dass Hanna nicht schwächer wurde, sondern sie veränderte sich rein körperlich. Hanna ging gebückter, ihr Haarwuchs verstärkte sich, die Haut wurde blasser, aber Hanna entwickelte eine enorme Kraft. Kartoffeln, die sie in die Hand nahm, zerquetschte sie locker. Trotzdem verkaufte Hanna noch im Ladenlokal. Erstaunlicher Weise veränderte sich auch ihre Kundschaft. Nicht so gravierend, nicht so schnell, aber sie veränderte sich.

Erik erschrak eines Nachts, als Hanna im Traum Worte stammelte, die er nicht verstehen konnte, auch die Stimmlage änderte sich. „Rusch kermonex Komenex!", sagte sie mit tiefer Stimme. Erik rüttelte seine Frau wach. Morgens stand Erik müde und gebrochen auf. „War das eine Nacht", sagte er zu seinem Spiegelbild. Aber Erik erkannte sich kaum wieder. Seine Haut war schrumpelig, seine Haare enorm gewachsen. Ganz gleich, ob er seine Zahnbürste oder den Rasierer in die Hand nahm, er zerdrückte alles zu Staub.

The doctors suspected a revision. With a face cream Hanna tried to tackle the ever-increasing wrinkles. "It will probably be the sun on the field, I should have worn a straw hat better.", said Hanna at dinner to Erik. Erik noticed over time that Hanna did not weaken, but she changed purely physically. Hanna walked lower, her hair growing stronger, the skin paler, but Hanna developed a tremendous power. Potatoes she picked up crushed them lightly. Nevertheless, Hanna still sold in the shop. Amazingly, their clientele changed as well. Not so serious, not so fast, but it changed.

Erik was shocked one night when Hanna stammered in a dream words he could not understand, and the tone of voice changed. "Rush kermonex Komenex!", she said in a low voice. Erik shook his wife awake. In the morning Erik got up tired and broken. "That was one night.", he said to his reflection. But Erik barely recognized himself. His skin was wrinkled, his hair was growing enormously. No matter whether he picked up his toothbrush or the razor, he crushed everything into dust.

Die Ereignisse überschlugen sich von nun an. Erik ging zum kleinen Ladenlokal. Auf dem Weg dorthin verabschiedete sich Frau Sörensen mit den Worten: „Norex rusch demeto!" Erik antwortete: „Rusch kermonex Komenex rieh!" Weitere Kunden verabschiedeten sich. Sie zogen schließlich von Schweden weg. Sörensens gingen nach England. Die Lornsens nach Frankreich. Nils und seine Familie zog es nach Spanien. Am Abend gab es wieder Bratkartoffeln und Köttbullar. Hanna und Erik unterhielten sich, aber nun in einer anderen Sprache. Damit wir alle daran teilnehmen können, hier die Übersetzung: „Unsere Lebensform ist nun eingegliedert! Sobald sich die Körper an unseren Geist und Gestalt gewöhnt haben, können wir noch viele Jahre hier Leben und uns fortpflanzen!", sagte Hanna. „Ja, unsere ach so kleine Welt, der Tepto, das ist extrem kleiner als Milli, Piko und Nano, kann endlich wieder existieren!", fügte Erik hinzu. Der Ring war ein kleines Raumschiff mit weiteren Besatzungsmitgliedern, löste sich von Hannas Finger. Es blieben nur ein Dutzend kleiner Einstiche übrig, die wieder heilen würden. Die Lichter strahlten hell, das Raumschiff hob ab, um neue Welten zu besiedeln ... Ja, sie sind unter uns!

The events rolled over from now on. Erik went to the small shop. On the way there Mrs. Sörensen said goodbye with the words: "Norex rusch demeto!" Erik replied: "Rusch kermonex Komenex rieh!" More customers said goodbye. They finally moved away from Sweden. Sörensens went to England. The Lornsens to France. Nils and his family moved to Spain. In the evening there were again fried potatoes and Köttbullar. Hanna and Erik talked, but now in a different language. So that all of us can participate, here is the translation: "Our way of life is now integrated! As soon as the bodies have become accustomed to our spirit and form, we can live and reproduce here for many years!", said Hanna. "Yes, our oh so small world, the Tepto, that is extremely smaller than Milli, Piko and Nano, can finally exist again!", added Erik. The ring was a small spaceship with other crew members, detached from Hanna's finger. There were only a dozen small punctures left, which would heal again. The lights shone brightly, the spaceship took off to settle new worlds ... Yes, they are among us!

Der Schrecken der Nacht

Inspektor Tom Bloom fuhr wie jeden Morgen durch den Stadtteil Chinatown, um nach zwielichtigen Gestalten Ausschau zu halten. Sein Assistent Jeff Nixon war immer bei ihm. Tom regte sich ständig über ihn auf, denn dessen Art Kaugummi zu kauen, hatte der in den dreißig Jahren, die er mit ihm Dienst schob, nicht abgelegt. Plötzlich eine Durchsage: „Fahrt schnell in den Hyde Park, dort ist wieder eine Person tot umgefallen." Tom Bloom und Jeff Nixon fuhren sofort los. Nixon meinte: „Wieder jemand, der sich einen Streich erlaubt hat. In den letzten Monaten starben viele Menschen aus heiterem Himmel, einfach so. Sie müssen aber vorher noch etwas gesehen haben. Denn ihre aufgerissenen Augen deuten auf ein schreckliches Erlebnis hin." Was erwartete nun Tom Bloom und Jeff Nixon im Heyde Park? Drüben in Down Town lag ein junges Ehepaar tot, mitten auf dem Gehweg, in einer Seitenstraße. Eng umschlungen, ja fast schon ineinander verkrampft, mit weit vor Angst aufgerissenen Augen. Der Inspektor und Jeff stiegen aus ihrem alten Caddy aus und gingen zu der Stelle, an der das Pärchen lag. Entsetzen lag in Blooms Augen, als er die Leichen sah. Da war nicht nur das junge Paar, dort lagen auch zwei kleine Kinder, ebenfalls mit weit aufgerissenen Augen.

The terror of the night

Inspector Tom Bloom drove through the Chinatown district as he did every morning to look for shady characters. His assistant Jeff Nixon was always with him. Tom was always upset about him, because his way of chewing gum had not been discarded in the thirty years he served with him. Suddenly an announcement: "Drive quickly to Hyde Park, where a person fell dead again." Tom Bloom and Jeff Nixon drove off immediately. Nixon said: "Someone who allowed himself a joke. In recent months, many people died out of the blue, just like that. But you must have seen something before. Because her eyes are wide open, indicating a terrible experience." What awaited Tom Bloom and Jeff Nixon at Heyde Park? Over in Down Town, a young couple lay dead, in the middle of the sidewalk, in a side street. Closely entwined, almost cramped, eyes wide with fear. The inspector and Jeff got out of their old caddy and walked to the spot where the couple lay. There was horror in Bloom's eyes when he saw the bodies. There was not only the young couple, there were also two small children, also with wide eyes.

Seit Monaten riss diese Serie nicht ab. Was war hier los? Im Police Departement angekommen, setzten sich Bloom, Nixon und die anderen zusammen. Sie beratschlagten was zu tun sei. Keiner konnte einen konkreten Vorschlag machen. Nur eines konnten sie ausschließen: Mord und Diebstahl. Auch durch Krankheit oder Altersschwäche umgekommene Personen kamen nicht in Frage.

„Zuerst einmal muss der Hyde Park bewacht werden", meinte Jeff. „Am besten Tag und Nacht. Wir könnten ja versteckt an verschiedenen Stellen Nachtsichtkameras aufstellen, sodass man sie nicht bemerken kann." Inspektor Nixon und seine Leute fanden die Idee großartig, meinten aber: „Die Todesfälle sind doch in verschiedenen Stadtteilen vorgekommen und Boston ist nicht gerade eine kleine Stadt. Alles kann bestimmt nicht überwacht werden." Tom Bloom ärgerte sich über ständige Zweifler und schimpfte lautstark: „Verdammt noch mal, ihr Pfeifen, wenn wir nichts tun, kommen wir nie dahinter was hier passiert. Ich will euer Gejammer nicht hören, fangt endlich an. Ich will so schnell wie möglich Ergebnisse auf dem Tisch liegen haben. Und Sie Nixon, nehmen Sie endlich den Kaugummi aus dem Mund."

For months, this series did not break off. What was going on here? Arriving in the Police Department, Bloom, Nixon and the others sat down together. They deliberated on what to do. Nobody could make a concrete proposal. Only one thing they could exclude: murder and theft. Even by disease or old age were killed people out of the question.

"First of all, guard Hyde Park.", Jeff said. "Best day and night. We could put up night vision cameras in different places so they would not be noticed." Inspector Nixon and his people thought the idea was great, but said: "The deaths have occurred in different parts of the city, and Boston is not exactly a small city. Everything can not be monitored." Tom Bloom was annoyed with constant doubters and scolded loudly: "Damn, their whistling, if we do nothing, we'll never know what's happening here. I do not want to hear your whining, it's finally starting. I want to have results on the table as soon as possible. And you Nixon, finally take the gum out of your mouth."

Am Abend wurden Kameras im Park verteilt. Sie waren so klein, dass man sie nicht sehen konnte. Am Tag darauf war die Enttäuschung groß, denn es war – wie zu erwarten – nichts zu sehen. Ein Raunen und Seufzen war zu hören. „Mein Gott, bitte meine Herren, etwas Geduld müssen wir schon haben."

Zwischendurch, wieder ein Anruf. Abermals, schon das zehnte Mal in einem Monat, dass ein Mensch zu Tode gekommen war. Der Inspektor und Jeff Nixon ließen alles stehen und liegen und fuhren sofort los. „Haben Sie noch Worte für das was hier passiert, Jeff?" „Nun, ich kann mir absolut keinen Reim daraus machen." Als sie ankamen lag da ein junger Mann. Wieder hatte der Tote weit aufgerissene Augen. Die Leute müssen kurz vorher etwas Schreckliches gesehen haben, denn auch die Haare der Leichen waren stellenweise grau. Im Caddy unterhielten sich die beiden: „Hören Sie mal Jeff, wenn Ihnen meine Art auf den Nerv geht, dann sagen Sie es bitte. Ich meine es nicht böse, wissen Sie." Tom Bloom grinste breit übers ganze Gesicht. „Aber Chef, ich weiß doch wie Sie es meinen", sagte Nixon. „Übrigens können Sie du zu mir sagen, denn ich glaube, dass was wir zusammen schon erlebt haben, hat uns irgendwie zusammengeschweißt", meinte der Inspektor. „Aber mit dem Kauen hörst du auf, Jeff, ja?" Er lachte dabei herzlich.

In the evening cameras were distributed in the park. They were so small they could not be seen. The day after, the disappointment was great, as it was - as expected - nothing to see. There was a murmur and a sigh. "My God, gentlemen please, we must have some patience."

In between, another call. Again, for the tenth time in a month that a man had died. The inspector and Jeff Nixon left everything lying down and left immediately. "Do you have any words for what's going on here, Jeff?" "Well, I can not figure it out." When they arrived there was a young man. Again the dead man had wide eyes. The people must have seen something terrible shortly before, because even the hair of the bodies were gray in places. In the Caddy, the two talked: "Listen, Jeff, if my nature gets on my nerves, then please say so. I do not mean it, you know." Tom Bloom grinned broadly. "But boss, I know how you mean it.", Nixon said. "By the way, you can say that to me, because I believe that what we have experienced together has somehow welded us together.", said the inspector. "But you stop chewing, Jeff, yes?" He laughed heartily.

Wieder vergingen Tage des Wartens und auf den Kameras war immer noch nichts zu sehen. „Scheiße, Mann!", schrie Bloom. „Das ist doch nicht möglich."

Aus anderen Stadtteilen gingen Anrufe in China Town ein. Inspektor Bloom wurde hellhörig und ungehalten gleichzeitig. „Was gibt's denn bei euch Neues!", schrie er fast hysterisch in die Muschel des Telefons. „Nur die Ruhe Tom, ich bin es, Jim Tailer aus Dorchester." „Ach du bist es, Jim, entschuldige meinen Tonfall, bin ein bisschen überarbeitet, nach dem, was hier in den letzten Monaten passiert ist, kein Wunder." „Tom hör' mir mal aufmerksam zu, es ist wichtig, was ich nun sage. Bei mir ist gerade gemeldet worden, dass mehrere Leute während eines Spaziergangs eine Totenkopfgestalt gesehen haben wollen. Muss grausam gewesen sein. Rote Augen, zirka 1,90 Meter groß und breit grinsend. Ich kann mir gut vorstellen, dass man da vor Schreck tot umfallen kann. Wenn es das ist, was ich vermute." „Gut, danke Jim, ich bin froh dass du angerufen hast, so haben wir wenigstens einen Anhaltspunkt. Wir werden sehen, ob was an der Geschichte dran ist." Tom legte kreidebleich den Hörer auf und rief Jeff zu sich. „Brauchst mir nichts zu sagen Tom, ich hab alles mitgehört. Jetzt müssen wir wirklich alles daran setzen, um die Sache aufzuklären.

Again days of waiting passed and the cameras still showed nothing. "Shit, man!", Bloom shouted. "That's not possible."

Calls from other parts of the city were received in China Town. Inspector Bloom became clueless and indignant at the same time. "What's new with you!" He screamed almost hysterically into the shell of the phone. "Just calm Tom, it's me, Jim Tailer from Dorchester." "Oh, it's you, Jim, excuse my tone, I'm a bit overworked, after what happened here in the last few months, no wonder." Tom listen to me carefully, it's important what I say now. It has just been reported to me that several people during a walk want to have seen a skull figure. Must have been cruel. Red eyes, about 1.90 meters tall and grinning broadly. I can imagine that you can fall dead in shock. If that's what I suspect." "Well, thank you Jim, I'm glad you called, so at least we have a clue. We'll see if there's anything in the story." Tom hung up the phone and called Jeff to him. "Do not need me to say anything Tom, I overheard everything. Now we really have to do everything we can to clear up the matter.

Nur Geister und Knochenmänner lassen sich sehr schlecht einfangen", witzelte Nixon. „Eigentlich glaube ich nicht an so was", sagte der Inspektor. „Leider müssen wir der Sache nachgehen."

Einige Tage später bekam Tom Bloom einen Anruf. Er wusste schon, was jetzt kam. Es wurde wieder eine Leiche gefunden – in der Nähe der Howard University. Eine junge Studentin, sie hatte noch alles vor sich. Was führte dieses Monster im Schilde, was bezweckte es und wer war es? Tom und Jeff warfen sich in den alten Caddy, sodass die Stoßdämpfer ein lautes Knacken von sich gaben. An der University angekommen, sahen sie das junge Mädchen auf dem Gehweg liegen. Die Augen quollen dem armen Ding aus dem Kopf. Das Grauen war im Gesicht des Mädchens zu erkennen. Ein zusammengefaltetes Stück weißes Tuch lag daneben. Der Inspektor faltete das Tuch auseinander und hätte fast vor Schreck alles fallen gelassen. Mit Blut stand dort geschrieben: „Ich, Natas, werde die Welt für mich gewinnen. Niemand von euch wird jemals eine Chance haben. Ach was seid ihr doch ein dummes Erdenpack. Ich verkörpere das Böse in Form von vielen Gestalten. Ihr werdet es nicht schaffen, mich zu bekämpfen. Ich werde immer gewinnen. Natas wird nie unter gehen ha, ha, ha!"

Only ghosts and skeletons can be captured very badly.", joked Nixon. "Actually, I do not believe in that.", said the inspector. "Unfortunately we have to pursue the matter."

A few days later, Tom Bloom got a call. He already knew what was coming. Another body was found near Howard University. A young student, she still had everything in front of her. What was up to this monster, what was its purpose and who was it? Tom and Jeff threw themselves into the old caddy, so the shocks made a loud crack. When they arrived at the University, they saw the young girl lying on the sidewalk. The eyes spilled out of the poor thing's head. The horror was visible in the girl's face. A folded piece of white cloth lay beside it. The inspector unfolded the cloth and nearly dropped everything in shock. With blood written there.

"I, Natas, will win the world for me. No one of you will ever have a chance. Oh, what are you but a stupid Earth pack. I embody evil in the form of many shapes. You will not be able to fight me. I will always win. Natas will never go under, ha, ha!"

Auch Jim Tailer aus Dorchester musste mit dem Bösen Bekanntschaft machen. Eines Abends, er hatte Dienstschluss, ging er zu Fuß nach Hause. Sein Dienstwagen war zur Inspektion. Es war stockdunkel, denn in dieser Gegend waren immer sämtliche Laternen zerstört. Kein Wunder, denn hier lebte der letzte Abschaum. Trotzdem Jim den Weg zu seiner Wohnung mit geschlossenen Augen finden würde, hatte er auf einmal panische Angst. Ihn verließ der Mut. Er hörte hinter sich ein eigenartiges Geräusch. Er drehte sich um und vor ihm stand ein 1,90 Meter großer Knochenmann mit glutroten Augen und einem Bischofsstab in der gruseligen Hand mit den langen Knochenfingern. Er grinste breit und lachte hämisch. „Hab ich dich endlich du Taugenichts. Was hast du denn schon in deiner gesamten Polizisten Laufbahn erreicht? Wie viele Fälle hast du aufgeklärt? Ich muss lachen. Ich glaube, wohl kaum der Rede wert. Jetzt hörst du mir einmal gut zu Jim Tailer." Jim war standhaft, obwohl ihm fast schwarz vor den Augen wurde, riss er sich zusammen, denn er musste einen klaren Bericht abliefern. Wenn er überhaupt noch dazu kam. Die Gestalt sprach mit einer krächzenden, boshaften Stimme: „Wenn ihr nicht aufgebt, hinter uns herzujagen, wird euch Schlimmes widerfahren. Ihr werdet genau so elendig sterben, wie alle anderen vor euch.

Also Jim Tailer from Dorchester had to make acquaintance with the evil. One evening, he was on duty, he went home on foot. His company car was for inspection. It was pitch dark, because in this area were always destroyed all lanterns. No wonder, because here lived the last scum. Even though Jim would find his way to his flat with his eyes closed, he was suddenly terrified. He left his courage. He heard a strange noise behind him. He turned and in front of him stood a 1.90-meter-tall bone man with glowing red eyes and a crosier in his creepy hand with long bony fingers. He grinned widely and laughed maliciously. "Did I finally make you good-for-nothing? What have you achieved in your entire police career? How many cases have you cleared up? I have to laugh. I think, hardly worth mentioning. Now listen to Jim Tailer once."
Jim was steadfast, and although he almost blushed, he pulled himself together, because he had to deliver a clear report. If he ever got around to it. The figure spoke in a croaking, malicious voice: "If you do not give up chasing after us, bad things will happen to you. You will die as miserably as all the others before you.

Auf dieser und auf anderen Erden werden wir immer die Mächtigsten sein, merke es dir. Nach uns und neben uns kommt nichts mehr. Es wird die Zeit kommen, da werdet ihr uns Kirchen bauen und uns anbeten."

Tailer war starr vor Angst und sackte zusammen. Als er wieder aufwachte, fand er sich auf einem Schrottplatz wieder, zwischen alten Autos, die schon auf dem Weg in die Presse waren. Kriechend schaffte er es, sich aus den Schrottbergen zu retten. Er kroch noch ein Stück und versuchte sich aufzurichten. Zum Glück hatte er sein Handy noch und konnte Hilfe anfordern. Mit letzter Kraft rief er in der Zentrale an, bevor er das Bewusstsein verlor. Einen Tag später saß er wieder in seinem Büro in Dorchester und rief Tom Bloom in China Town an: „Tom, bist du dran?" „Ja, was gibt es neues, Jim?" „Hier ist die Hölle los, sprichwörtlich gesagt. Viele Tote und diese Knochentypen haben wir noch nicht persönlich kennengelernt. Aber er hat einen Stofffetzen hinterlassen mit blutiger Aufschrift." Tom Bloom las seinem Freund und Kollegen vor, was darauf geschrieben stand. „Kannst du damit was anfangen, Jim?" „Tom ich weiß nicht, wie ich es dir sagen soll, aber mir sitzt die Angst noch im Nacken. Ich habe gestern Abend mit dieser unheimlichen Gestalt Bekanntschaft gemacht. Fand mich dann auf einem Schrottplatz wieder und konnte mich gerade noch vor der Schrottpresse retten.

On this and on other earths, we will always be the most powerful, remember. After us and next to us nothing comes. The time will come when you will build us churches and worship us."

Tailer was rigid with fear and collapsed. When he woke up, he found himself in a junkyard, among old cars, already on their way to the press. Creeping he managed to escape from the scrap mountains. He crawled a bit more and tried to sit up. Luckily he still had his cell phone and could request help. With the last of his strength, he called the head office before he lost consciousness. A day later, he was back in his office in Dorchester, calling Tom Bloom in China Town: "Tom, is it your turn?" "Yeah, what's new, Jim?" "Hell is going on here, proverbially speaking. We have not met many dead and these types of bones personally. But he left a piece of cloth with a bloody inscription." Tom Bloom read to his friend and colleague what was written on it. "Can you handle that, Jim?" "Tom, I do not know how to tell you, but I'm still scared. I got acquainted with this weird figure last night. Then found me in a junkyard and was able to save myself just before the junk press.

So etwas Grausames möchte ich nie wieder erleben. Er drohte mir, wenn wir nicht aufhören, ihn zu bekämpfen, würde uns Schreckliches geschehen."

„Jim, jetzt beruhige dich wieder", sagte Tom Bloom. „Ich glaube, wir müssen hier in meinem Büro dringend eine Krisensitzung abhalten. Unsere Leute und wir beide müssen einen Plan aufstellen, nach dem wir vorgehen. Schließlich geht es hier um eine ganze Stadt, die Schutz braucht." „Du sagst es Tom. Ich schlage vor, wir alle treffen uns hier morgen früh, dann sehen wir weiter. Geht das für euch klar Jim?" „Ja, okay, wir kommen." Chinatown lag an diesem Morgen im Frühnebel. Alles war ruhig, niemand auf den Straßen, nur im Büro von Inspektor Tom Bloom war die Hölle los. Das nicht gerade große Büro quoll über mit Leuten. Sie trafen sich an diesem Tag wie besprochen, um einen Plan auszuarbeiten. Die furchtbare Gestalt musste endlich zur Strecke gebracht werden. Jim Tailer und seine Leute hörten aufmerksam zu, was Bloom und Nixon ihnen zu sagen hatten. „Leute, wir haben euch hier zusammenkommen lassen, weil die Situation kritisch ist", sagte Tom. „Viele Menschen sind in Boston in den letzten Monaten ums Leben gekommen. Es waren keine Morde, dass wissen wir nun.

I never want to experience such a cruel thing again. He threatened me that if we did not stop fighting him, it would be terrible."

"Jim, calm down now.", said Tom Bloom. "I believe we urgently need to have a crisis meeting here in my office. Our people and we both need to make a plan for what we do. After all, this is about a whole city that needs protection." "You tell Tom. I suggest we all meet here tomorrow morning, then we'll see. Is that clear for you, Jim?" "Yeah, okay, we're coming." Chinatown was in the morning mist this morning. Everything was quiet, no one on the streets, only in the office of Inspector Tom Bloom hell was going on. The not-so-big office was overflowing with people. They met as discussed this day to work out a plan. The terrible figure finally had to be hunted down. Jim Tailer and his people listened attentively to what Bloom and Nixon had to say. "Guys, we got you here because the situation is critical.", Tom said. "Many people have died in Boston in recent months. There were no murders, we know that now.

Der Schreck und der Horror ließen sie einfach sterben. Wenn Jim nicht so starke Nerven gehabt hätte, wäre auch er jetzt in den ewigen Jagdgründen verschwunden", sagte Jeff.

„Nun, was haben wir an Anhaltspunkten?", bemerkte Tom. „Es ist eine sehr große Gestalt, besser gesagt ein Skelett. Es hat blutrote Augenhöhlen und trägt einen Bischofsstab in der rechten Knochenhand. Der Teufel höchstpersönlich." Jim wurde nachdenklich: „Einen Bischofsstab? Sicher, jetzt erinnere ich mich wieder. Wir müssen herausfinden wer diese Gestalt mal war. Offensichtlich ein Bischof." „Jim, du durchforstest sämtliche Kirchenregister unserer Stadt. Du Jeff, gehst mit mir ins Stadtarchiv. Wir müssen unbedingt Klarheit schaffen. Okay Leute, an die Arbeit, wir dürfen keine Zeit verlieren. Wir treffen uns in zwei Tagen wieder hier und ich hoffe, ihr kommt mit Neuigkeiten zurück!" Jedoch die Tage verstrichen ohne Ergebnis.

„Fast alle Kirchen haben wir durch, nur eine einzige, da kommen wir so schnell nicht ran." „Warum nicht?", brüllte Tom ungehalten. „Sie steht im Verruf, dass dort vor 100 Jahren schwarze Messen abgehalten wurden. Ein Bischof, mit Namen Paulus soll dort das Sagen gehabt haben. Er wohnte in diesem Gebäude und starb während eine Messe abgehalten wurde. Man sagt, der Teufel selbst habe ihn damals geholt."

The horror and horror just made her die. If Jim did not have such strong nerves, he would have disappeared in the eternal hunting grounds now.", Jeff said.

"Well, what do we have clues?" Tom remarked. "It's a very tall figure, rather a skeleton. It has blood-red eye sockets and carries a crosier in the right hand of the bone. The devil personally." Jim thoughtfully said: "A crosier? Sure, now I remember again. We have to find out who this character was. Obviously a bishop." "Jim, you're browsing all the church registers in our city. You Jeff, go with me to the city archive. We have to be clear. Okay guys, to work, we can not waste time. We will meet again in two days and I hope you come back with news!" However, the days passed without result.

"Almost all churches we have through, only one, we can not get there so quickly." "Why not?", Tom shouted indignantly. "She is in disrepute that black fairs were held there 100 years ago. A bishop by the name of Paul is said to have had the say there. He lived in this building and died while a mass was being held. It is said that the devil himself took him back then."

Tom fragte vorsichtig, aus Angst sich wieder im Ton zu vergreifen: „Jim, habt ihr denn herausgefunden, wo sich diese Kirche befindet? Hat sie Bestandschutz?" „Ja, Tom, die Kirche liegt weit außerhalb von Boston, schwer zu finden, steht aber nicht unter Bestandschutz. Viele Leute, die wir befragt haben, wollen des Öfteren nachts dort Licht gesehen haben und eine Gestalt, die Gebete in einer völlig fremden Sprache spricht." „Mein Gott!", schrie Jeff hysterisch los, „ich glaube, ich verliere die Nerven. Das ist ja der reinste Horrorfilm." „Ja, Jeff das ist es wohl.", meinte Jim Tailer.

Die Inspektoren beschlossen, diese unheimliche Kirche aufzusuchen und zu inspizieren. Einige Tage später war es soweit. Alle trafen sich wieder in Tom Blooms Büro. „Leute, habt ihr euch gut vorbereitet?", fragte er. Er versuchte immer noch gute Miene zum bösen Spiel zu machen. Jeff schob sich vor Aufregung einen Kaugummi nach dem anderen in den Mund. Seine Backen erschienen so dick, als wenn man ihm ins Gesicht geboxt hätte. Tom verkniff sich diesmal seine dummen Bemerkungen. Die Situation war zu ernst. Da wollte er sich nicht mit solchen Lappalien herumärgern. Sie fuhren los. Die Fahrt war lang und es wurde bereits dunkel, als sie endlich ankamen. Eine alte Kirche tauchte auf. Sie war aus dem 16. Jahrhundert und machte schon von weitem einen gruseligen Eindruck.

Tom inquired cautiously for fear of reverting to the sound: "Jim, did you find out where this church is? Does she have protection?" "Yes, Tom, the church is far from Boston, hard to find, but not under protection. Many people we interviewed often wanted to see light there at night and a figure who speaks prayers in a completely foreign language." "My God!", Jeff shouted hysterically, "I think I'm losing my nerve. That's the purest horror movie." "Yeah, Jeff that's it.", Jim Tailer said.

The inspectors decided to visit and inspect this eerie church. A few days later it was time. Everyone met again in Tom Bloom's office. "Guys, are you well prepared?", he asked. He was still trying to make a good face for the bad game. Jeff shoved gum after chop into his mouth with excitement. His cheeks seemed as thick as if he'd punched his face. Tom stifled his stupid remarks this time. The situation was too serious. He did not want to bother with such trifles. They started. The drive was long and it was already dark when they finally arrived. An old church appeared. It was from the 16th century and made a spooky impression from a distance.

Man konnte das Grauen förmlich spüren. Die Männer öffneten langsam die Tür. Tom hatte eine Pistole bei sich, die mit silbernen Patronen geladen war. Jeder der Männer hatte ein silbernes Kreuz bei sich. Aber, was noch wichtiger war, Sprengstoff um, wenn es ganz schlimm kommen sollte, das Gebäude in die Luft zu jagen. Die Atmosphäre war erdrückend. Schwerer Weihwassergeruch vermischt mit etwas Undefiniertem waberte in der Luft. Der Altar war schwarz und das darüber hängende Kreuz verkehrt herum aufgehängt. Schwarze Kerzen leuchteten in der Dunkelheit. Tom, Jeff und Jim waren erst einmal allein. Alle anderen Männer schoben draußen Wache. Eine angsteinflößende Stille machte sich breit. Plötzlich erhob sich aus dem Nichts heraus eine Gestalt. Es wurde immer unheimlicher. Bischof Raulus, der schon vor 100 Jahren starb, stand nun in voller Größe hinter dem Altar. „Was wollt Ihr hier?", krächzte er. „Wir wollen dich vernichten, du hast viele Menschen auf dem Gewissen, die unschuldig sterben mussten." „Ich hasse euch!", entgegnete der Bischof. „Ich habe mich damals dem Bösen zugewandt, weil man mir ewiges Leben versprach, wenn ich es schaffen würde, die Menschen zum wahren Glauben zu führen. Ich versuche es immer wieder und wer nicht mitziehen wollte, musste sterben. Der Teufel wird auf dieser Erde die Oberhand gewinnen, da könnt ihr nichts gegen tun, ha, ha. Menschen sind beeinflussbar. Man kann sie manipulieren.

You could literally feel the horror. The men slowly opened the door. Tom had a pistol loaded with silver cartridges. Each of the men had a silver cross with them. But, more importantly, explosives around when it was terrible to blow up the building. The atmosphere was overwhelming. Heavy holy water odor mixed with something undefined wafted in the air. The altar was black and the hanging cross hung upside down. Black candles shone in the darkness. Tom, Jeff and Jim were alone. All the other men were guarding outside. A scary silence spread. Suddenly a figure rose out of nowhere. It was getting weirder. Bishop Raulus, who died 100 years ago, now stood in full height behind the altar. "What do you want here?", he croaked. "We want to destroy you, you have many people on your conscience who had to die innocently." "I hate you!", the bishop replied. "At that time, I turned to evil because I was promised eternal life if I could lead people to true faith. I try again and again and who did not want to go, had to die. The devil will gain the upper hand on this earth, there you can do nothing against, ha, ha. People are influenceable. You can manipulate them.

Genau das werde ich tun und wer sich mir in den Weg stellen will, der muss sterben. Nun zieht wieder von dannen, ihr dummes Menschenpack, bevor ich euch erledige."

Tom Bloom, Jeff Nixon und Jim Tailer zögerten nicht lange, gaben den Männern ein Zeichen und feuerten mit ihrer silbernen Munition los. Gezielt trafen sie Raulus ins Herz. Zuerst lachte er noch höhnisch und alle sahen die Situation als aussichtslos an. Doch er sackte langsam zusammen. Tailer drückte ihm das silberne Kreuz auf die Brust. In diesem Moment zerfiel der Körper des Bischofs zu Staub. Nichts erinnerte noch an ihn. Tom sagte: „Zur Sicherheit werden wir noch die Kirche in die Luft jagen." Sie legten den Sprengstoff aus, verkabelten alles und machten dem Spuk endgültig ein Ende. Die Menschen in Boston konnten wieder ohne Angst auf die Straße gehen. Inspektor Bloom und Jeff Nixon kämpften weiterhin gegen die Gefahren aus der Unterwelt an.

That's exactly what I'm going to do and whoever wants to get in my way has to die. Now pull away from there, you stupid human pack, before I kill you."

Tom Bloom, Jeff Nixon, and Jim Tailer did not hesitate, signaling the men and firing their silver ammunition. Targeted, they hit Raulus in the heart. At first he laughed sneeringly and everyone regarded the situation as hopeless. But he slowly collapsed. Tailer pressed the silver cross to his chest. At that moment, the bishop's body turned to dust. Nothing reminded him. Tom said: "To be on the safe side, we're going to blow up the church." They put out the explosives, wired everything, and finally put an end to the haunting. The people in Boston were able to take to the streets again without fear. Inspector Bloom and Jeff Nixon continued to fight against the dangers of the underworld.

Die Eigenarten des Frank Berger

Montags ging er brav in sein Büro am Kurfürsten-Damm. Berlin war seine Heimat und hier wollte er sterben. Seine kleine Wohnung lag in einer schmuddeligen Seitenstraße. Ihm war es eigentlich egal, denn am Abend war er ein anderer Mensch. Tagsüber ein hagerer Mann, immer korrekt gekleidet, höflich seinen Mitmenschen gegenüber. Ein Biedermann im wahrsten Sinne des Wortes. Frank Berger war Angestellter bei einer kleinen Möbelfirma. Er verdiente nicht schlecht und war zufrieden mit seinem Leben. Nur am Abend, war er nicht mehr der Frank Berger, den alle kannten und respektierten. Er erschien vollkommen verändert. Auffällig waren seine Kleidung und sein verändertes Wesen. Auch sein Erscheinungsbild war nicht mehr so wie sonst. Er entpuppte sich abends als reicher Lebemann mit einem miesen Charakter. Niemand erkannte ihn wieder. Auch seine Stimme veränderte sich. Jedenfalls war er nicht mehr der liebenswerte und freundliche Herr Berger von nebenan.

Er ging jeden Abend aus dem Haus, um seinem Playboy-Leben nachzugehen. Keiner durfte ihn ansprechen. Er reagierte sofort aggressiv und pöbelte die Leute an. Er krakelte laut schallend und lachte höhnisch, wenn er wieder mal jemanden beleidigt hatte. Er machte jeden fertig, der sich ihm in den Weg stellte.

The quirks of Frank Berger

On Mondays, he dutifully went to his office at Kurfürsten-Damm. Berlin was his home and here he wanted to die. His small apartment was in a grubby side street. He did not really care, because in the evening he was a different person. During the day a lean man, always dressed correctly, politely towards his fellow man. A Biedermann in the truest sense of the word. Frank Berger was an employee of a small furniture company. He did not deserve bad and was satisfied with his life. Only in the evening, he was no longer the Frank Berger, whom everyone knew and respected. He appeared completely changed. Striking were his clothes and his changed nature. His appearance was no longer as usual. He turned out in the evening as a rich bon vivant with a lousy character. Nobody recognized him again. His voice changed as well. Anyway, he was no longer the lovable and friendly Mr. Berger next door.

He left the house every night to pursue his Playboy life. Nobody was allowed to address him. He immediately responded aggressively and mobbed the people. He screamed loudly and laughed sneeringly at once offending someone. He killed everyone who got in his way.

Wer war dieser Mann? Er kam immer aus der Wohnung von Frank Berger und am nächsten Morgen war er verschwunden. Berger ging wie gewohnt aus dem Haus, grüßte alle freundlich und erfreute sich an der Natur. Nur, dass er seit Monaten in einem kleinen Labor arbeitete, das er sich vor ein paar Monaten eingerichtet hatte, wusste keiner. Franz Berger hatte sich immer schon für Chemie interessiert und wollte eine Flüssigkeit entwickeln, die ihm ein junges Äußeres gab. Jeden Abend, wenn er nach Hause kam, trank er von dieser grünlichen Substanz. Eigentlich hatte er sich die Wirkung nicht so vorgestellt. Aber aus dieser Nummer kam er nicht mehr raus. Wollte er auch nicht. Zu schön waren die Stunden in einem anderen Körper. Man achtete ihn, hatte Angst und machte ihm den Weg frei, wenn er kam. Er war auf Partys gern gesehener Gast und schmiss das Geld zum Fenster heraus. Nach und nach gingen seine Ersparnisse dabei drauf. Wenn er nicht stoppte, würde er sich selbst ruinieren. Leider hatte sich sein Körper an die Flüssigkeit gewöhnt und die Wirkung ließ bereits nach wenigen Stunden nach. Immer mehr musste er davon schlucken, um länger der sein zu können, der er immer sein wollte. Nach einiger Zeit wurde sein Körper jedoch schwächer und seine Geldreserven waren aufgebraucht. Was tat er nur? Was hatte er sich angetan?

Who was this man? He always came out of Frank Berger's apartment and the next morning he disappeared. Berger left the house as usual, greeted everyone friendly and enjoyed nature. Only that he had been working for months in a small laboratory that he had set up a few months ago, nobody knew. Franz Berger had always been interested in chemistry and wanted to develop a fluid that gave him a young appearance. Every evening when he came home, he drank of this greenish substance. Actually, he had not imagined the effect that way. But he could not get out of this number anymore. He did not want to. Too beautiful were the hours in another body. He was respected, scared, and cleared the way when he came. He was a welcome guest at parties and threw the money out the window. Gradually, his savings went on it. If he did not stop, he would ruin himself. Unfortunately, his body had become accustomed to the fluid and the effect was already after a few hours. More and more, he had to swallow it to be longer, he always wanted to be. After some time, however, his body became weaker and his cash reserves were used up. What did he do? What had he done to himself?

Er musste sich mehr von dem Mittel herstellen, denn sein Körper funktionierte nur noch am Abend, wenn er diese Horrortropfen zu sich nahm. Burger vermittelte überall den Eindruck, reich und einflussreich zu sein. Wo er auch hinkam, krochen ihm die Menschen zu Füßen. Sie hatten Angst vor seinem Wesen. Machte man nicht das, was er wollte, wurde er boshaft und unberechenbar. Er hatte keine Angst um sein Vermögen. Jedoch war es fast aufgebraucht. Aber das Gefühl, überall Kredit zu haben, war einfach berauschend. Nur, was war mit seinem Körper geschehen?

Morgens in der Firma fielen ihm die Augen zu. Er konnte sich nicht mehr konzentrieren. Nein, so wollte er nicht leben, dass wollte er nicht. Jetzt hatte sich sein Körper an den Zustand gewöhnt und brauchte immer mehr davon, um nur halbwegs zu funktionieren. Am Abend, als er sich in dieses Monster verwandelte, hatte sich auch sein Denken verändert. Er wurde immer boshafter und schreckte vor nichts mehr zurück. Eines Abends im Sommer lauerte er einem Mann auf, der gerade nach Hause gehen wollte. Er kam aus einem Geschäft, ging über die Straße und musste durch einen Park. Er schlug ihm mit einem riesigen Knüppel den Schädel ein. Er kniete sich neben die Leiche und stahl alles, was der junge Mann in seinen Taschen hatte. Grausam war Burgers Gesicht verzerrt.

He had to make more of the remedy, because his body only worked in the evening when he took those horror drops. Burger gave everyone the impression of being rich and influential. Wherever he came, the people crawled to his feet. They were afraid of his nature. If you did not do what you wanted, it became spiteful and unpredictable. He was not worried about his fortune. However, it was almost used up. But the feeling of having credit everywhere was just intoxicating. Only, what had happened to his body?

His eyes closed in the morning at the company. He could not concentrate anymore. No, he did not want to live like that, he did not want that. Now his body had got used to the condition and needed more and more to function only halfway. In the evening, when he turned into this monster, his thinking had changed as well. He became more and more malicious and did not stop at anything. One evening in the summer he lurked at a man who was about to go home. He came out of a shop, crossed the street and had to pass through a park. He hit his skull with a giant club. He knelt beside the corpse and stole everything the young man had in his pockets. Cruelly, Burgers face was distorted.

Speichel rann ihm aus den Mundwinkeln. Er lachte höhnisch, stand auf und verschwand mit seiner Beute. Etwas Bargeld, eine Uhr und ein kleines Bild einer jungen Frau. Laut lachend und bösartig grinsend humpelte Berger davon. Die Polizei fand heraus, dass der Mann recht junger Student war, der am Abend des Mordes seine Freundin besuchen wollte. „Grausam!", sagte Kommissar Helmut Wolf. „Dass es so etwas in unserer Zeit noch gibt. Diese perversen Menschen sollte man öffentlich hängen." Sein Kollege, Michael Holtkamp, musste sich abwenden, denn sonst hätte er sich übergeben müssen. Die Leiche war von der Kehle bis in den Schambereich aufgeschlitzt. Die Eingeweide hingen heraus, das Herz war herausgerissen und lag daneben. „Mein Gott", sagte der Kommissar, „welches Untier war den hier am Werk?" „Der Mörder muss blutbesudelt gewesen sein. Ein Geisteskranker ist wohl noch milde ausgedrückt", meinte Holtkamp. Sie ließen den Toten oder das, was von ihm noch übrig war, abtransportieren.

Berger wurde am anderen Morgen wach und fand sich blutverschmiert vor. Alles klebte in seinem Bett vom Blut. Neben seinem Bett lagen die Uhr des Ermordeten und das Bild von dessen Freundin. Was war geschehen? Entsetzt schaute Frank Berger in den Spiegel. Auch hier sah er ein blutverschmiertes Gesicht.

Saliva ran from the corners of his mouth. He sneered, got up, and disappeared with his prey. Some cash, a clock and a small picture of a young woman. Laughing loud and grinning, Berger hobbled away. The police found out that the man was a very young student who wanted to visit his girlfriend on the night of the murder. "Cruel!", said Commissioner Helmut Wolf. "That there is something like this in our time. One should hang these perverted people in public." His colleague, Michael Holtkamp, had to turn away, otherwise he would have had to vomit. The body was slashed from the throat to the pubic area. The entrails hung out, the heart was torn out and lay next to it. "My God", said the inspector, "which beast was at work here?" "The killer must have been bloodstained. A mentally ill person is probably mild.", said Holtkamp. They had the dead or what was left of him taken away.

Berger woke up the next morning and found himself bloodied. Everything was stuck in his bed of blood. Beside his bed lay the murdered man's watch and the picture of his girlfriend. What happened? Terrified, Frank Berger looked in the mirror. Again, he saw a bloodied face.

Er bekam Angst. Angst vor sich selbst und vor dem, was er getan hatte. Nach dem Bad ging er wie jeden Morgen zur Arbeit. Niemand ahnte etwas. Noch nicht mal Berger vermutete, so eine grausame Tat begangen haben zu können. Mittlerweile musste er sich am Abend mit der dreifachen Menge dieses Mittels zu dröhnen, damit er funktionieren konnte. Nach seinen Gräueltaten fiel er in einen dermaßen tiefen Schlaf, dass er sich noch nicht einmal an die kleinste Kleinigkeit erinnern konnte. Die Angestellten in seiner Firma schauten sich in der Pause jedes Mal die Nachrichten an und riefen ihn: „Frank, komm doch mal her, schau dir mal an was ganz in der Nähe deiner Wohnung in der letzten Nacht geschah. Ein bestialischer Mord ist ein paar Straßen weiter geschehen. Dabei kam es dem Täter wohl weniger auf die Beute an, sondern auf den Mord selbst. Laut Polizei muss der Mörder eine wahnsinnige Lust verspürt haben, als er dem Mann den Leib aufschnitt. Er riss ihm sogar das Herz heraus."
„Nein", sagte Berger entsetzt. „Das habe ich nicht mitbekommen, denn in letzter Zeit schlafe ich sehr tief."
Berger schwante etwas. Das viele Blut in seinem Bett und an seinem Körper, wo kam es her? Ihm wurde mulmig und er bekam Angst. Sollte er etwa? Nein, nein, das wies er weit von sich. Das konnte nicht sein.

He became afraid. Fear of himself and what he had done. After the bath he went to work like every morning. Nobody guessed something. Even Berger did not even suspect that he had committed such a cruel act. By now he had to boast about threefold amount of this remedy in the evening for him to work. After his atrocities, he fell into such a deep sleep that he could not even remember the smallest detail. The employees in his company looked at the news each time during the break and called out to him: "Frank, come on, look at what happened near your flat last night. A beastly murder has happened a few streets away. It was the offender rather less on the loot, but on the murder itself. According to police, the murderer must have felt an insane lust when he cut the man's body. He even tore his heart out." "No", Berger said horrified. "I did not catch that, because lately I'm sleeping very deeply." Berger was a bit hesitant. The blood in his bed and his body, where did it come from? He became queasy and he got scared. Should he be around? No, no, that was a far cry from him. That could not be.

Der Feierabend rückte näher und Frank konnte es kaum erwarten, in seine Wohnung zu kommen. Ein eigenartiges Gefühl überfiel ihn schlagartig. Er zitterte am ganzen Körper und schluckte mit der letzten Energie sein Elixier herunter, das ihn innerhalb kurzer Zeit in ein mieses Monster verwandelte. War er zu Anfang ein Lebemann, der in eleganter Erscheinung auftrat, so war er jetzt ungepflegt, schmutzig, der Speichel lief ihm aus dem Mund und sein hämisches Lachen konnte man meilenweit hören. Er stolperte mit einem unkoordinierten Gang aus dem Haus. Es war schon dunkel. Er brauchte dringend Geld, denn seine Bank gab ihm nichts mehr und außerdem brauchte er noch etwas anderes: Blut, viel Blut. Er berauschte sich daran, wenn es aus einem Körper spritzte und er das Herz herausreißen konnte. In diesem Zustand scherte er sich nicht einmal darum, ob man ihn sah oder nicht. Die Gier, die ihn trieb, war stärker und musste schnell befriedigt werden.

Er stolperte mitten in der Nacht durch halb Berlin. Die Straßen waren leer. Nur eine junge Frau wurde mit einem Taxi nach Hause gebracht und Berger beobachtete sie. Seine Schnelligkeit in diesem Zustand war unglaublich, denn innerhalb von Sekunden war er an ihrer Wohnungstür.

The closing time was approaching and Frank could not wait to get into his apartment. A strange feeling came over him suddenly. He shivered and swallowed the last of his elixir, which quickly turned him into a lousy monster. If he was at first a bon vivant who appeared in an elegant manner, he was now unkempt, dirty, the saliva ran out of his mouth, and his malicious laugh could be heard for miles. He stumbled out of the house with an uncoordinated gear. It was already dark. He urgently needed money, because his bank gave him nothing more and besides, he needed something else: blood, a lot of blood. He got intoxicated when it spurted out of his body and he could rip out his heart. In that state, he did not care whether he was seen or not. The greed that drove him was stronger and needed to be satisfied quickly.

He stumbled through half of Berlin in the middle of the night. The streets were empty. Only a young woman was taken home by taxi and Berger watched her. His speed in this condition was incredible, because within seconds he was at her apartment door.

Er hielt ihr den Mund zu, als sie versuchte zu schreien. Sie war Kellnerin, die sich auf ihren Feierabend freute. Wieder fand sich Frank Berger am nächsten Morgen in einer Blutlache wieder. Er wurde stutzig. Das konnte er doch nicht geträumt haben, dachte er. Sogar an seinem Mund war Blut, als wenn er in etwas Blutiges gebissen hätte und es wäre ihm dann heruntergelaufen. Wieder waren Holtkamp und Wolf beauftragt den Fall zu klären. Und wieder standen sie vor einem Rätsel. So grausam konnte doch kein Mensch vorgehen. Wolf sagte: „Noch so ein Fall und ich schmeiß hier alles hin, ich will so was nicht mehr sehen." Es übertraf ihre schlimmsten Fantasien, was sie da sahen. Der Toten wurde zuerst der Schädel eingeschlagen, dann schlitzte der Täter sie auf und ließ sie ausbluten. Dann riss er ihre Leber und das Herz heraus. Das Herz musste er wohl mitgenommen haben, denn es war weg. Berger bekam panische Angst. Sollte er etwa? Er musste es glauben, denn nun fand er in seinem Bett ein Stück eines menschlichen Herzens. Schnell musste er handeln, solange er noch in der Lage dazu war. Er schrieb einen langen Brief an die Polizei. In diesem Brief stand: „Ich habe dem Grauen ein Ende bereitet. Leider hat mich meine Experimentierfreude zu einem bestialischen Mörder gemacht. Es tut mir leid was passiert ist.

He shut her mouth as she tried to scream. She was a waitress, looking forward to her after work. Again, Frank Berger found himself in a pool of blood the next morning. He was startled. He could not have dreamed that, he thought. There was even blood on his mouth as if he had bitten something bloody and it would have run down him. Again Holtkamp and Wolf were asked to clarify the case. And again they were faced with a riddle. No one could act that cruelly. Wolf said: "Another case and I'm throwing everything here, I do not want to see anything like that anymore." It exceeded their worst fantasies, what they saw. The dead one was first hit on the skull, then the offender slashed it open and let it bleed out. Then he tore her liver and heart out. He must have taken the heart, because it was gone. Berger panicked. Should he be around? He had to believe it, because now he found in his bed a piece of a human heart. He had to act fast while he was able to. He wrote a long letter to the police. The letter said: "I have put an end to horror. Unfortunately my joy in experimenting made me a bestial murderer. I'm sorry what happened.

Da ich Angst habe, heute Abend wieder als mordendes Monster durch Berlin zu ziehen, werde ich dem ein Ende setzen. Die Flüssigkeit, die sie in den Reagenzgläsern finden werden, hat mich zu diesem Tier werden lassen. Ich brauchte immer mehr davon und verwandelte mich im Laufe der Zeit in das blutgierige Tier. Nun werde ich gehen und niemand wird jemals wieder Angst haben müssen. Ich will noch sagen, dass jeder versuchen sollte, mit dem was er ist und was er hat, zufrieden zu sein und nicht Dingen hinterherzujagen, die man nicht haben kann. Mich und andere Menschen hat es das Leben gekostet."

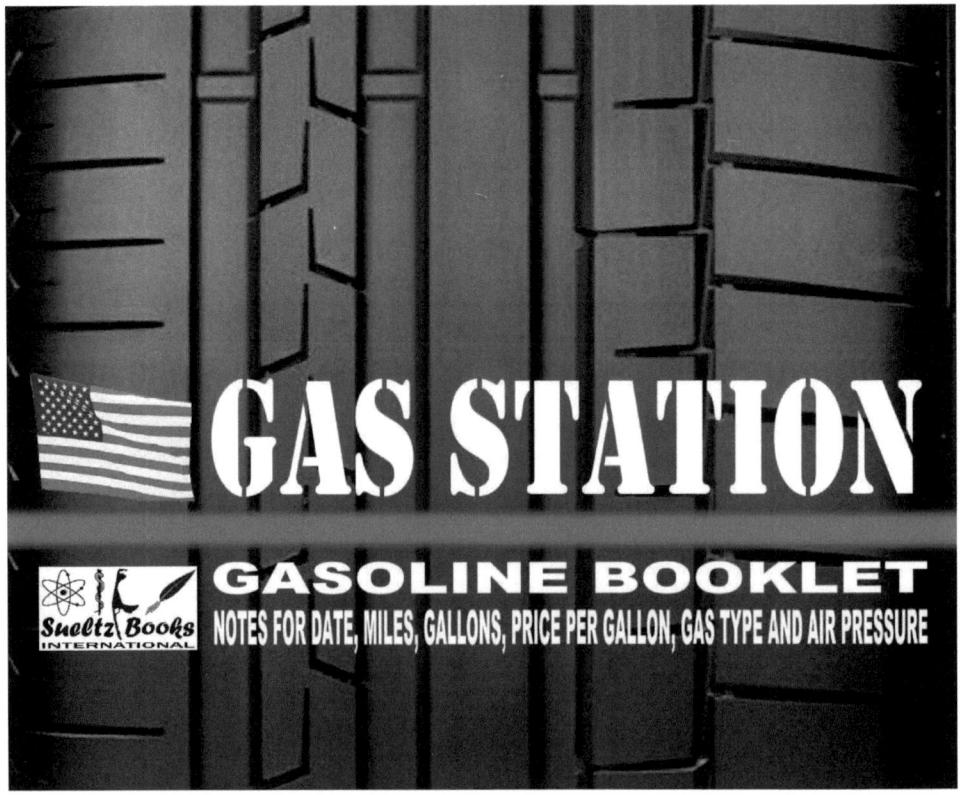

Since I am afraid to go back this evening as a murdering monster through Berlin, I will put an end to it. The liquid that they will find in the test tubes has made me this animal. I needed more and more of them and eventually turned into the bloodthirsty animal. Now I will go and nobody will ever have to be afraid again. I want to say that everyone should try to be happy with what he is and what he has and not chase things that you can not have. Me and other people have lost their lives."

Die Kathedrale des Grauens

Auf einem Hügel im Spessart stand eine schöne alte Kathedrale im gotischen Stil erbaut. Sie war aber auch angsteinflößend. Rings umher nur tiefer Wald und Einsamkeit. Niemand traute sich in die Nähe dieser Kirche, denn es waren grausige Geschichten im Umlauf. Es hieß, dass dort immer um Mitternacht der Glockenturm betätigt wurde und leiser monotoner Gesang zu hören war. Fred und Angelika Neumann machten schon seit Jahren im Spessart Urlaub, doch bisher war ihnen nichts dergleichen zu Ohren gekommen. An einem warmen, sonnigen Urlaubstag wollten sie diesen Hügel erklimmen und sich umsehen. Eigentlich waren die Neumanns realistische Leute, die nicht an fantastische Geschichten glaubten. Fred und Susanne Neumann machten sich auf den Weg. Die Kirche lag einsam auf einem Hügel. Niemand ahnte wirklich, was sich dort abspielte. Die Leute in der Gegend erzählten sich die schlimmsten Geschichten. An einem besonders warmen Sommerabend gingen sie hinauf zur Kathedrale. Es dämmerte schon etwas. Im Halbdunkeln sah die Kirche furchteinflößend aus, obwohl sie auf der anderen Seite sehr schön war. Grelles Licht schien durch die eingestaubten Fenster. Aber, wie ist das möglich, zudem seit hunderten von Jahren keiner mehr dort oben war?

The Cathedral of horror

On a hill in the Spessart stood a beautiful old cathedral built in the Gothic style. But she was also scary. All around only deep forest and loneliness. Nobody dared to go near this church because there were horrible stories in circulation. It was said that there was always at midnight the bell tower was pressed and quiet monotonous singing was heard. Fred and Angelika Neumann had been on vacation in the Spessart for years, but so far they had not heard anything like that. On a warm sunny day, they wanted to climb that hill and take a look around. Actually, the Neumanns were realistic people who did not believe in fantastic stories. Fred and Susanne Neumann made their way. The church lay lonely on a hill. No one really knew what was going on there. The people in the area told each other the worst stories. On a particularly warm summer evening they went up to the cathedral. It was already dawning. In the dim light, the church looked scary, though on the other hand it was beautiful. Bright light shone through the dusty windows. But, how is that possible, and for hundreds of years, nobody has been up there?

Nur hin und wieder kam jemand, der nach dem Rechten sah. Langsam schob Fred den schweren Eisenriegel zur Seite. Es knarrte und quietschte verdächtig. Die schwere Eichentür ging von alleine auf. Susanne ging langsam hinter Fred her. In der Kirche war alles hell erleuchtet. Woher kam dieses Licht? Elektrizität gab es hier nicht. Es brannten sechs Fackeln, die an der Wand rings um den Altar befestigt waren.

Eine unheimliche Atmosphäre war zu spüren. Wie angewachsen standen sie da. Sie wollten wieder gehen, aber irgendwas hinderte sie daran. Plötzlich durchdrang eine grausame Stimme den ganzen Kirchenraum. Sie flüsterte: „Kommt doch näher, hi, hi, hi. Ihr seid sowieso verloren. Wer einmal seinen Fuß in diese Kirche setzt ist für immer verloren." Starr vor Schreck stand das Ehepaar nun da und beide zitterten am ganzen Körper. „Hätten wir uns nur nicht überreden lassen, hierher zu kommen", sagte Fred. Nun war eine zweite, noch grausamere Stimme zu hören: „Ich bin Satan, Herrscher der Hölle. Diese Kathedrale ist seit mehr als 400 Jahren verflucht. Niemand durfte je einen Fuß über diese Schwelle setzen. Ihr habt es getan und werdet bezahlen." Die junge Frau bekam einen solchen Schreck, dass sie tot umfiel. Ihr Herz blieb einfach für immer stehen.

Only now and then someone came, who looked after the right. Slowly, Fred pushed the heavy iron latch aside. It creaked and squeaked suspiciously. The heavy oak door opened on its own. Susanne slowly followed Fred. Everything was brightly lit in the church. Where did this light come from? There was no electricity here. There were six torches burning, fixed to the wall around the altar.

An eerie atmosphere was felt. As grown, they stood there. They wanted to leave, but something prevented them. Suddenly a cruel voice permeated the whole church space. She whispered: "Come closer, hi, hi, hi. You're lost anyway. Who once set foot in this church is lost forever." Starr in shock, the couple now stood there and both trembled all over. "If only we had not been persuaded to come here.", Fred said. Now a second, even crueler voice was heard: "I am Satan, ruler of hell. This cathedral has been cursed for more than 400 years. No one was allowed to set a foot over this threshold. You have done it and will pay." The young woman was so frightened that she fell dead. Her heart just stopped forever.

Fred schrie laut und verzweifelt: „Bitte steh auf, komm zurück!" Aber sie hörte ihn nicht mehr.

Ein irres Lachen war zu hören: „Ha, ha, ha, ich sagte euch doch, hier kommt keiner lebend heraus." Ralf weinte und kniete vor seiner Frau, die am Boden lag und rief: „Wer spricht da?" Satan antwortete: „Eine Nonne, die vor vielen Jahren in meinem Namen schwarze Messen abgehalten hat. Sie konnte hunderte von Menschen dazu bringen, mich anzubeten. Leider verriet sie mich, als sie zum Gottesglauben zurückging und musste dafür sterben. Weil sie nicht zur Ruhe kommen kann, spukt ihr Geist heute noch umher. Sie wurde unter dem Altar eingemauert." Fred versuchte mit ruhigen Worten zu antworten: „Wenn du der Allmächtige bist, kannst du bestimmt auch meine Frau wieder lebendig machen." „Ja, das könnte ich", antwortete er. „Wenn ich sie wieder bekommen kann, werde ich alles dafür tun. Sag mir was ich machen soll." „Ha, ha!", antwortete Satan. „Hast du dich nun der Hölle verschrieben?" „Wenn es nicht anders geht, dann werde ich es tun", sagte Fred. Es machte sich ein schwefeliger Gestank in der ganzen Kirche breit. Es erschien eine Gestalt, die den blanken Horror darstellte und noch schlimmer. Rote, blutunterlaufene Augen, das Gesicht eine einzige Fratze. Blut und Schleim tropfte aus einem Schlitz, der den Mund darstellen sollte.

Fred screamed loudly and desperately: "Please get up, come back!" But she did not hear him anymore.

An insane laugh was heard: "Ha, ha, ha, I told you, here nobody comes out alive." Ralf cried and knelt in front of his wife, who lay on the ground and shouted: "Who speaks there?" Satan replied: "A nun who held black masses in my name many years ago. She could make hundreds of people worship me. Unfortunately, she betrayed me when she went back to the belief in God and had to die for it. Because she can not rest, her mind haunts today. It was walled under the altar." Fred tried to answer with calm words. "If you are the Almighty, you can certainly bring my wife back to life." "Yes, I could.", he replied. "If I can get her again, I will do anything for it. Tell me what to do." "Ha, ha!", Satan answered. "Have you committed yourself to hell now?" "If it can not be otherwise, then I will do it.", said Fred. A sulphurous stench spread throughout the church. It appeared a figure that represented the sheer horror and worse. Red, bloodshot eyes, the face a single grimace. Blood and slime dripped out of a slit that was supposed to be the mouth.

Die Haut hing in Fetzen herunter. Statt Füßen waren riesige Krallen zu sehen. Da wo normalerweise Hände waren, hingen ebenfalls Krallen herab. Der Teufel persönlich stand hinter ihm. „Du bist hier in die Kirche gekommen, aber du wusstest nicht, dass du sie nicht betreten darfst. Deine Frau musste sterben. Ja, du kannst es wieder rückgängig machen. Schließe dich mir an und du wirst sehen, deine Frau lebt." „Was soll ich tun?", rief Fred. „Du wirst nun ein von mir vorgesprochenes Gebet nachsprechen: Herr der Hölle, all meine Gedanken und auch mein Tun, aber vor allem mein Leben gebe ich in die Hände Satans. Ab sofort werde ich mit den verstorbenen Seelen hier in der Kirche schwarze Messen abhalten. Für immer werde ich den König der Hölle verehren, ihm gehorchen und alles Irdische hinter mir lassen." Es wurde stockdunkel. In der Mitte des Altars loderte ein riesiges Feuer und hässliche Fratzen schauten heraus. Mit einem furchtbaren Gestöhne, Geschrei und Geheul sog dieses Feuer Fred in sich auf. Man sah ihn nie mehr wieder. Seine Frau erwachte, aber ihr Mann war auf ewig in den Tiefen der Abgründe verschwunden.

The skin hung down in tatters. Instead of feet, huge claws were visible. Where there were usually hands, claws also hung down. The devil himself was behind him. "You came to church here, but you did not know you should not enter her. Your wife had to die. Yes, you can undo it. Join me and you'll see your wife is alive." "What should I do?", Fred shouted. "You will now recite a prayer that I have spoken: Lord of Hell, all my thoughts and also my actions, but above all, I give my life into the hands of Satan. From now on I will hold black masses here with the departed souls here in the church. Forever I will worship the king of hell, obey him and leave all the earthly behind me." It was pitch dark. In the center of the altar a huge fire blazed and ugly faces looked out. With a terrible moan, shout, and howl, this fire absorbed Fred. You never saw him again. His wife woke up, but her husband was gone forever in the depths of the abyss.

Die Puppe

Einen richtig tollen Urlaub erwartete Familie Weber in diesem Sommer auf der Insel Sylt. Heinz-Peter Weber hatte bereits im letzten Jahr gebucht. Die sieben Tage waren wunderschön und ein Wiederkommen zwingend angesagt. Tüchtig gespart hatten die Webers, jetzt konnten sie sich eine Ferienwohnung für 89 DM leisten. Der Sommer 1974 war sehr heiß. Den Ford Taunus ließ der Vater gleich auf dem hauseigenen Parkplatz der Ferienwohnung stehen. Mit weißen Handtüchern deckte Mutter Hilde das schwarze Armaturenbrett und das Lenkrad ab. Im heißen Sommer vor zwei Jahren hatte das Armaturenbrett Risse bekommen. Heinz-Peter ärgerte sich sehr über diesen Schaden. Nun, eigentlich tut dies alles nichts zur Sache. Aber dies: Marion hatte ihre Lieblingspuppe am Strand verloren. Die ganze Familie suchte den Strand in Westerland ab. Dabei wollte Marions Bruder Marius lieber am Strand eine Sandburg bauen. Vater und Mutter einigten sich, dass es besser sei, eine neue Puppe zu kaufen, als einen so herrlichen Tag mit Suchereien zu vergeuden. Gesagt, getan. Jetzt hatte Fräulein Susi, wie Marion ihre neue Puppe nannte, allerdings blonde Haare. Fräulein Susi mit den roten Haaren wurde bei Flut mit ins Meer gezogen.

The doll

A really great holiday awaited family Weber this summer on the island of Sylt. Heinz-Peter Weber had already booked last year. The seven days were beautiful and a return necessarily mandatory. The Webers had efficiently saved, now they could afford an apartment for 89 Dollar. The summer of 1974 was very hot. The father let the Ford Taunus stand right on the house parking lot of the apartment. With white towels Mother Hilde covered the black dashboard and the steering wheel. In the hot summer two years ago, the dashboard had cracked. Heinz-Peter was very angry about this damage. Well, actually all this does not matter. But this: Marion had lost her favorite doll on the beach. The whole family searched the beach in Westerland. Marion's brother Marius wanted to build a sand castle on the beach. Father and mother agreed that buying a new doll would be better than wasting such a glorious day of search. Said and done. Now, Miss Susi had blond hair, as Marion called her new doll. Miss Susie with the red hair was pulled into the sea at high tide.

Sie trieb direkt auf England zu. In Schottland, in der Nähe des Loch of Strathbeg, wurde die Puppe an die Küste gespült. Viele Vogel-, Insekten- und Säugetier-Arten sind hier beheimatet. Recht eigenartige Geschöpfe wollen Menschen hier schon gesehen haben. Aber Fräulein Susi hatte natürlich keine Angst. Zwischen zwei Felsen wurde die Puppe eingeklemmt. Leider hatte sie ein Auge verloren. Ein Organismus nutzte diese Gelegenheit und schlüpfte in die Puppe. Es dauerte gut und gerne 25 Jahre, bis etwas Eigenartiges passierte. Fräulein Susi bewegte Arme und Beine. Der Organismus formte seinen Körper in der Puppenhülle. Irgendwann befreite sich Fräulein Susi und schwamm in die Nordsee zurück, von dort aus in den Ozean in Richtung Amerika. Dabei paddelten Arme und Beine tüchtig. Das fehlende Glasauge ersetzte der Organismus durch sein eigenes Auge.

Über zehn Jahre war Fräulein Susi unterwegs, bevor die Reise am Strand von Boston endete. Jane Cormick joggte an diesem Tag am Strand. Ihr fiel die Puppe auf dem weißen Sand auf und sie nahm sie für ihre Tochter mit nach Hause. Tochter Jennifer freute sich riesig über das Geschenk der Mutter. Jetzt war der Name der Puppe Mrs. Lovely. Jeden Morgen wunderte sich Jennifer, dass Mrs. Lovely in der Nähe des Fressnapfes ihres Hundes lag.

She headed straight for England. In Scotland, near the Loch of Strathbeg, the doll was washed ashore. Many bird, insect and mammal species are found here. Quite strange creatures people have already seen here. Of course, Miss Susi was not afraid. Between two rocks, the doll was trapped. Unfortunately, she had lost an eye. An organism seized this opportunity and slipped into the doll. It took a good 25 years until something strange happened. Miss Susi moved her arms and legs. The organism formed its body in the pupal shell. At some point, Miss Susi broke free and swam back to the North Sea, from there into the ocean towards America. Both arms and legs paddled well. The missing glass eye replaced the organism by his own eye.

Miss Susi was on the road for over ten years before the journey ended on Boston beach. Jane Cormick jogged on the beach that day. She noticed the doll on the white sand and she took it home for her daughter. Daughter Jennifer was delighted with the mother's gift. Now the name of the doll was Mrs. Lovely. Every morning, Jennifer wondered that Mrs. Lovely was lying near her dog's feeding bowl.

Langsam wurde der Kunststoffkörper der Puppe spröde und riss an vielen Stellen. Eines Nachts schlüpfte der Organismus aus der Puppe. Jennifer hielt Mrs. Lovely beim Schlafen fest im Arm. Der Organismus bestand aus einer schleimigen Masse. Über Jennifers Mund kroch er in ihren Körper. Zwei weitere Jahre vergingen. Jennifers Körper veränderte sich in dieser Zeit. Das nun neunjährige Mädchen war die Beste im Schwimmunterricht. Ihre Wirbelsäule wurde immer elastischer. Die Ärzte verstanden diese ganzen Symptome nicht. Jennifer konnte über zwei Liter Flüssigkeit am Stück trinken und musste keine Luft dabei holen. Ihre Bewegungen an Land wurden schlangenartig, im Wasser fühlte sich das Mädchen sehr wohl. So oft es ging, saß Jennifer am Strand und beobachtete die untergehende Sonne. Ihren Eltern lief immer ein kalter Schauer über den Rücken, wenn Jennifer davon sprach, dass sie irgendwann einmal für immer im Meer leben würde. „Bald werde ich euch verlassen müssen. Ich liebe euch. Aber das Meer ruft mich. Bitte versteht mich." Monate vergingen. Es war ein herrlicher Tag am Strand in der Nähe Bostons. Alle lachten und waren fröhlich. Plötzlich stand Jennifer auf. Sie sah auf das Meer, ging langsam darauf zu und drehte sich noch einmal zu ihrer Familie um, um ihnen ein Küsschen zuzuwerfen. Dann tauchte sie ins Meer ein.

Slowly, the plastic body of the doll became brittle and tore in many places. One night, the organism slipped out of the doll. Jennifer held Mrs. Lovely in her arms as she slept. The organism was a slimy mass. He crawled into her body over Jennifer's mouth. Two more years passed. Jennifer's body changed during that time. The now nine-year-old girl was the best in swimming lessons. Her spine became more and more elastic. The doctors did not understand all these symptoms. Jennifer could drink over two liters of liquid in one piece and did not have to breathe. Her movements on land became serpentine, in the water the girl felt very well. As often as possible, Jennifer was sitting on the beach watching the setting sun. Her parents were always shivering when Jennifer talked about her living in the sea forever. "I'll have to leave soon. I love you. But the sea is calling me. Please understand me." Months passed. It was a great day on the beach near Boston. Everyone laughed and were happy. Suddenly, Jennifer got up. She looked at the sea, walked slowly toward it, and turned back to her family to kiss them. Then she dived into the sea.

Noch ehe Jennifers Familie alles realisieren konnte, verschwand die Tochter in den Weiten des Meeres. Eine sofort eingeleitete Suchaktion der Wasserschutzpolizei brachte keinen Erfolg, Jennifer blieb verschollen. Eines Tages erhielten die Eltern von Jennifer eine Mail aus Schottland: „Hallo, wir haben gestern einen menschenähnlichen Körper am Strand gesichtet. Das Gesicht sah wie das Ihrer vermissten Tochter aus. Glauben Sie uns, wir haben nicht geträumt. Statt Armen und Beinen hatte es Flossen am Körper. Das Wesen schaute uns an und verschwand wieder im Meer."

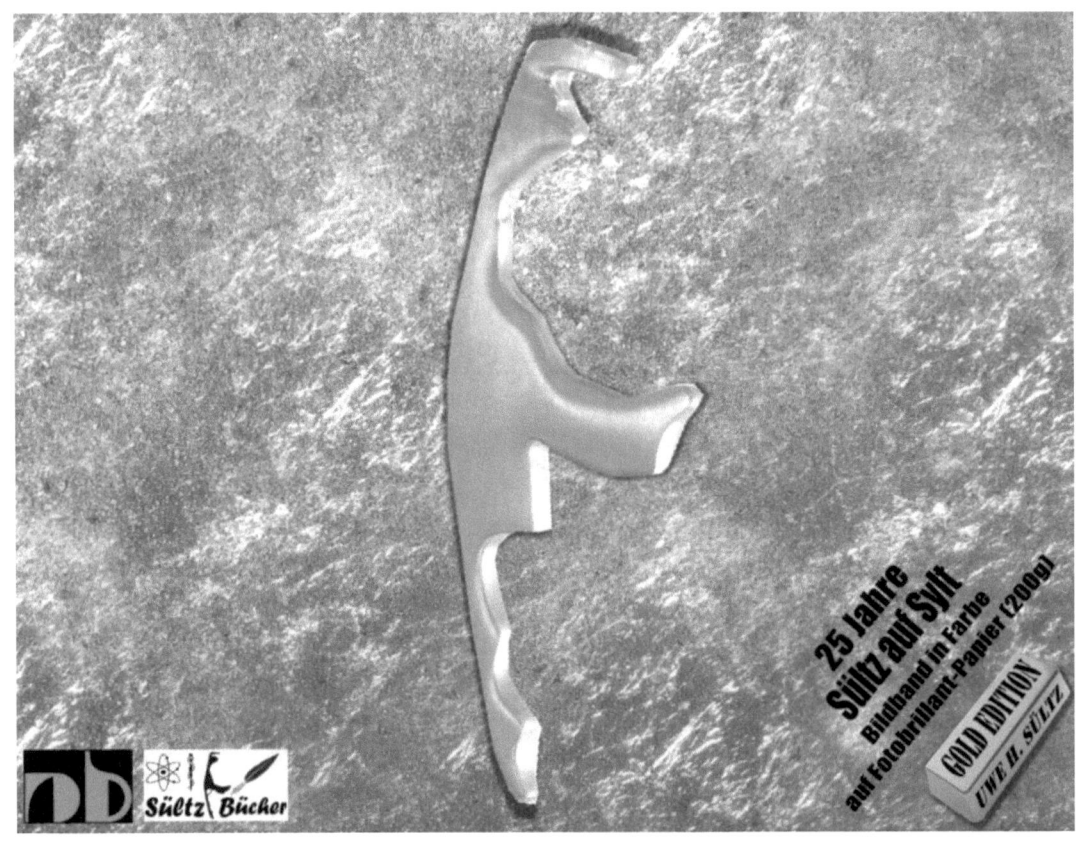

Even before Jennifer's family could realize everything, the daughter disappeared into the vastness of the sea. An immediately initiated search operation of the water police did not succeed, Jennifer remained missing. One day, Jennifer's parents received a mail from Scotland: "Hello, yesterday we spotted a human-like body on the beach. The face looked like that of your missing daughter. Believe us, we did not dream. Instead of arms and legs it had fins on the body. The creature looked at us and disappeared back into the sea."

Hier wirst du nicht alt

Lange waren die Delgados auf der Suche nach einem Haus am Rande der Stadt New York. Robert Delgado war Alleinverdiener. Seine Frau Liv konnte mit dem Einkommen gut umgehen, den Kindern Robert jr. und Donna fehlte es auch an nichts. Nun, das Ersparte reichte zwar nicht für die Innenstadt, aber etwas Außerhalb war für alle okay. Robert Delgado arbeitete am Flughafen in New York. Das neue Zuhause sollte nicht allzu weit entfernt liegen, Robert war ein Familienvater durch und durch. Außerdem waren die Winter manchmal sehr hart, einige Male musste Robert schon in einem Hotel übernachten, wenn der Schneesturm tobte. Heute fuhren sie von New York in den Norden, Richtung Boston. „Hier, Dad, ein Haus mit einem riesigen Spielplatz in der Nähe!", rief Donna und kurbelte die Scheibe des alten Fords herunter, um den Menschen zuzuwinken. Robert sah den Verkaufspreis und lenkte die Kinder mit den Worten ab, dass er doch lieber ein Grundstück mit Bäumen hätte, damit die Kinder im Sommer dort übernachten könnten. „Gute Idee, Dad!", rief Robert jr. und Liv kniff lächelnd ein Auge zu. In der nächsten Stadt sah Donna eine Schule und sehr gute Einkaufsmöglichkeiten, schließlich hatten sie nur dieses eine Fahrzeug.

You will not grow old here

For a long time, the Delgados were looking for a house on the outskirts of New York City. Robert Delgado was the sole breadwinner. His wife Liv could handle the income well, the children Robert jr. and Donna did not lack anything either. Well, the savings were not enough for downtown, but a little bit of outside was okay for everyone. Robert Delgado worked at the airport in New York. The new home should not be too far away, Robert was a family man through and through. In addition, the winters were sometimes very hard, Robert had to stay a couple of times in a hotel when the snowstorm raged. Today they drove from New York to the north, heading for Boston. "Here, Dad, a house with a huge playground nearby!", Donna shouted, cranking down the old Ford's window to wave to the humans. Robert saw the selling price and distracted the children with the words that he would rather have a plot with trees, so that the children could spend the summer there. "Good idea, Dad!", Robert Jr called. and Liv winked an eye, smiling. In the next town Donna saw a school and very good shopping, after all they only had this one vehicle.

Tatsächlich lag am Rande der kleinen Stadt ein etwas verstecktes Haus. „Der Preis ist gut, auch der lange Vorgarten, damit die Kinder nicht zu schnell an der Straße sind", sagte Robert zu Donna, „lass es uns anschauen." Das Preisschild sah ordentlich mitgenommen aus, nun, nicht nur das Preisschild, aber die Delgados setzten auf ihre Eigeninitiative. Handwerklich waren sie ein eingespieltes Team, obwohl die Kinder das ständige Suchen nach Hammer und Nägeln nervte. Die Hausbesichtigung schrie auch förmlich nach vielen Nägeln. Aber soweit schien alles okay zu sein. In der Nachbarstadt besuchten sie noch gleich den Makler, auch ein Motel war schnell gefunden. „Ich habe ein gutes Gefühl, vielleicht lässt sich noch etwas verhandeln", meinte Robert. John Smith hieß der Makler. „John Smith!", sagte Liv, „Fast wie in einem schlechten Gruselfilm, John Smith heißen sie alle!" Aber es stellte sich heraus, dass John Smith den Delgados sehr entgegen kam, den Kindern sogar Spielzeug für den Garten schenkte. Auch ein uralter Plüschbär war dabei. „Den nehme ich!", sagte Mutter Liv, „der kommt zu meiner Bärensammlung!" Sie kamen sich näher, ein paar Verhandlungen hier, eine Lieferung Dachpappe kostenlos dort.

In fact, on the edge of the small town was a somewhat hidden house. "The price is good, even the long front yard, so the kids are not too fast on the road.", said Robert to Donna, "let's look at it." The price tag looked neatly battered, well, not just the price tag, but the Delgados sat on their own initiative. In terms of craftsmanship, they were a well-rehearsed team, even though the children were annoyed by the constant search for hammers and nails. The visit also literally screamed for many nails. But so far everything seemed to be okay. In the neighboring town, they visited the same brokers, a motel was quickly found. "I have a good feeling, maybe something can be negotiated.", said Robert. John Smith was the broker. "John Smith!", Liv said, "Almost like a bad scary movie, they're all called John Smith!" But it turned out John Smith liked the Delgados, even giving toys to the kids for the garden. Also an ancient plush bear was there. "I'll take that!", said mother Liv, "that's coming to my bear collection!" They came closer, a few negotiations here, a delivery of roofing felt free there.

Mr. Smith versprach, dass in drei Tagen der Strom angeschlossen würde. „Na, Kinder, das ist nun unser neues Zuhause", sagte ihr Dad.

Zurück zum Haus rief Robert gleich in der Flughafenzentrale an, um seinen Resturlaub zu nehmen. „Kein Kontakt! Dass es so etwas in der heutigen Zeit noch gibt!", brummelte er. Im Kaufhaus kauften sie alles Nötige für die Übernachtungen im neuen Haus, auch das Handy funktionierte hier. Im Haus wurden gleich die Zimmer eingeteilt, riesige weiße Laken lagen auf den Möbeln, zwar tüchtig eingestaubt, aber was hervorkam war eine Augenweide. „Allein die Möbel sind das Geld wert, sieht nach 1880 aus, da gab es noch Cowboys!", staunte Robert. „Au ja, komm' Schwester, wir spielen im Garten Cowboy und Indianer!", rief Robert jr. Der Abend begann mit einem Glas Wein aus Kalifornien, die Kinder schliefen schon. „Herrlich dieser Ausblick", sagte Liv und schmiegte sich in Roberts Arm. „Ja, und in zwei Tagen haben wir Strom, dann lebt das Haus", flüsterte Robert. An den beiden nächsten Tagen wurde ordentlich Hand angelegt. „Die Bank hat den Kauf abgewickelt", sagte Robert zu Liv. „Mr. Smith wird sich freuen, morgen fahre ich zu ihm!" Das Licht ging plötzlich an, Strom und Gas waren angeschlossen.

Mr. Smith promised that the power would be connected in three days. "Well, kids, this is our new home.", her dad said.

Back to the house, Robert immediately called the airport headquarters to take his remaining vacation. "No contact! That something like that still exists today!", he grumbled. In the department store they bought everything necessary for the overnight stays in the new house, also the mobile phone worked here. In the house the rooms were immediately divided, huge white sheets lay on the furniture, indeed dusty, but what emerged was a feast for the eyes. "Just the furniture is worth the money, looks after 1880, there were still cowboys!", marveled Robert. "Oh, come on, sister, we're playing cowboy and Indian in the garden!", cried Robert Jr. The evening started with a glass of wine from California, the kids were already asleep. "Gorgeous this view." Liv said, nestling in Robert's arm. "Yes, and in two days we have electricity, then the house is alive.", Robert whispered. On the next two days, a lot of hands were put on. "The bank has completed the purchase.", said Robert to Liv. "Mr. Smith will be glad, tomorrow I will drive to him!" The light suddenly turned on, electricity and gas were connected.

Wie Robert schon sagte, das Haus lebte nun, aber etwas anders, als er es wohl dachte. Den Abend verbrachten die Eheleute wieder auf der Veranda. „Gibt es noch Wein, Darling?", fragte Robert. Liv stand auf und wollte in die Küche. Sie streckte die Hand zur Verandatür aus, als sie plötzlich mit einem lauten Knarren durch die Verandabretter auf den Sandboden fiel. Ein scharfer großer Holzsplitter durchbohrte ihren Oberschenkel. Robert zückte blitzschnell das Handy, Liv schrie, die Kinder wurden wach … kein Kontakt! Robert trug seine Frau ins Auto, sie lag auf den Hintersitzen, die Kinder quetschten sich in den Kofferraum des alten Kombis. Nach zwei Stunden Fahrt, kamen sie am Krankenhaus an. Liv wurde sofort verarztet. „Es sieht nach einer Blutvergiftung aus!", so die Diagnose von Dr. Kentrell. Liv war ohne Besinnung.

In guter Hoffnung fuhren Robert und die Kinder nach fünf Stunden wieder zurück. „Legt euch schlafen", sagte der übermüdete Robert zu den Kindern, „morgen, in der Frühe, fahren wir wieder zur Mum." Im Schlafzimmer bemerkte Robert Blutflecken, dem Plüschbären fehlte ein Bein. Robert war aber zu aufgeregt und zugleich zu müde, um der Sache nachzugehen. Am nächsten Morgen wachte Robert früh auf, sah auf den Bären, dessen Augen auf dem Boden lagen.

As Robert said, the house was alive now, but a little differently than he thought. The couple spent the evening on the veranda again. "Is there any wine, darling?", Robert asked. Liv got up and started for the kitchen. She reached out to the porch door when she suddenly fell to the sandy bottom with a loud creak through the verandas. A sharp, large piece of wood pierced her thigh. Robert flashed the phone in a flash, Liv yelled, the kids were awake ... no contact! Robert carried his wife into the car, she was lying in the back seats, the children squeezed into the trunk of the old station wagon. After two hours of driving, they arrived at the hospital. Liv was immediately cured. "It looks like a blood poisoning!", said Dr. Kentrell. Liv was without reflection.

In good hope, Robert and the children drove back after five hours. "Go to sleep", said the exhausted Robert to the children, "tomorrow morning we'll go back to the Mum." In the bedroom, Robert noticed bloodstains, the plush bear was missing a leg. Robert was too excited and at the same time too tired to pursue the matter. The next morning, Robert woke up early, looking at the bear whose eyes were on the ground.

Robert schenkte dem wenig Beachtung. „Kinder, aufstehen, wir fahren zu Mum!", rief er und bereitete Frühstücksbrote. Plötzlich schrie Donna laut auf. „Meine Augen, Dad! Hilfe, ich sehe nichts mehr!" Robert stürzte ins Bad, Donna hatte blutrot geschwollene Augen. Das kochend heiße Wasser spritzte ihr ins Gesicht, direkt in die Augen. Sofort machten sich alle auf den Weg ins Krankenhaus. Leider war Liv immer noch ohne Bewusstsein. Donna wurde sofort behandelt. „Ich kann Ihnen nicht sagen, ob ich das Augenlicht Ihrer Tochter retten kann, Mr. Delgado", sprach der behandelnde Arzt. Der Tag verging, es gab keine positiven Ergebnisse.

Vater und Sohn kehrten zurück zum Haus. Beide wollten sich nach diesen schlimmen Ereignissen etwas ausruhen. „Es ist sehr heiß heute, Sohn, öffne bitte in der oberen Etage alle Fenster, ich bringe uns etwas zu Essen mit rauf", sagte Vater Robert. Im Elternschlafzimmer öffnete Robert auch das Fenster. Als er zum Plüschbären sah, bemerkte er, dass dieser nun den Kopf verloren hatte. „Sohn!", schrie Robert, „komm schnell zu mir!" Robert hatte eine Vermutung. „Ja, Dad, ich muss nur noch das Fenster im Flur öffnen, hier ist es sehr heiß!" „Nein, komm sofort!", befahl der Vater. Robert jr. lief los. In diesem Augenblick fiel die große Scheibe aus dem Rahmen und verfehlte den Jungen nur um Zentimeter.

Robert paid little attention to it. "Kids, get up, we're going to Mum!", he shouted, preparing breakfast sandwiches. Suddenly Donna screamed out loud. "My eyes, dad! Help, I can not see anything!" Robert rushed into the bathroom, Donna had blood-red swollen eyes. The boiling hot water splashed into her face, directly into her eyes. Immediately everyone went to the hospital. Unfortunately Liv was still unconscious. Donna was treated immediately. "I can not tell you if I can save your daughter's eyesight, Mr. Delgado," the doctor in charge said. The day passed, there were no positive results.

Father and son returned to the house. Both wanted to rest after these bad events. "It's very hot today, son, please open all the windows in the upper floor, I'll bring up some food.", said Father Robert. Robert also opened the window in the master bedroom. When he saw the plush bear, he noticed that he had lost his head now. "Son!", Cried Robert, "come quickly to me!" Robert had a guess. "Yes, Dad, all I have to do is open the window in the hallway, it's very hot here!" "No, come on!", the father ordered. Robert Jr. ran off. At that moment, the big disc fell out of the frame, missing the boy by inches.

Beide fielen sich auf der Treppe in die Arme. „Ich glaube zwar nicht an Spuk, aber etwas will uns der Plüschbär wohl sagen.", sagte Robert zum Sohn. Im Schlafzimmer sahen beide, dass der Bär ganz schwarz verkohlt war. Instinktiv griff Robert seinen Sohn und verließ das Haus. Minuten später stand es in hellen Flammen. Die Feuerwehr konnte nichts mehr retten. Geschockt fuhren Vater und Sohn zu Makler Smith „Warte bitte im Auto.", sagte Robert zu seinem Sohn. Als Robert Delgado das Haus des Maklers betrat, sah er ihn leblos am Treppengeländer an einem Stromkabel hängen. John Smith war seit zwei Tagen tot. Auf einem Abschiedsbrief stand „Für Familie Delgado".

Mit zittrigen Händen las Robert: „Ich bitte um Verzeihung, auf dem Haus liegt ein Fluch. Ich dachte, mit Ihrem Einzug wäre alles vorbei, aber dem ist nicht so. Mein Vater quälte in diesem Haus mehrere Menschen. Er baute einen elektrischen Stuhl und ergötze sich an dem Geruch von verbranntem Menschenfleisch. Als er bereits auf dem Sterbebett lag, musste ich als Zwölfjähriger den Starkstromschalter einschalten. Er zwang mich dazu. Danach wurde alles stillgelegt im Haus, die Stromkabel gekappt. Aber das Haus hat wohl nichts vergessen, nach dem Neuanschluss vor ein paar Tagen. Ich bitte um Entschuldigung. Ihr William Palmer."

Both fell on the stairs into each other's arms. "I do not believe in spook, but something the plush bear wants to tell us.", said Robert to the son. In the bedroom, both saw that the bear was charred black. Instinctively Robert grabbed his son and left the house. Minutes later it was in bright flames. The fire department could not save anything. Shocked father and son went to broker Smith "Please wait in the car.", said Robert to his son. When Robert Delgado entered the broker's house, he saw him hanging lifelessly by the railing on a power cord. John Smith had been dead for two days. On a farewell letter was "For Family Delgado."

With shaky hands Robert read: "I apologize, there is a curse on the house. I thought your move would be over, but that's not the case. My father tortured several people in this house. He built an electric chair and enjoyed the smell of burned human flesh. When he was already on his deathbed, I had to turn on the power switch as a twelve-year-old. He forced me to. Then everything was shut down in the house, the power cables cut. But the house has probably forgotten nothing, after the new connection a few days ago. I apologize. Your William Palmer."

Roswell war gestern

Der Gehirnforscher Dr. Berthold Brüggner arbeitete nun bereits seit über fünfunddreißig Jahren an der Verwirklichung seiner These, dass alles, wirklich alles, in unseren Gehirnen gespeichert ist. Was meinte er mit „alles"? Alles was vor und nach dem Urknall, dem Big Bang, passiert ist, woher wir kommen und wohin wir gehen, wer wir waren, wer wir sind und wer wir sein werden. Er entwickelte Maschinen, an die er seine Probanden anschloss. Er gab Vorlesungen. Er wurde extrem von seiner Regierung gefördert, denn diese Weltformel bedeutete Macht und Einfluss. Doch Dr. Brüggner wollte insgeheim auch allen Menschen diese Tür zu ihrem höheren ich zugänglich machen. Aber zunächst einmal war er froh, dass er so grenzenlos unterstützt wurde. Und so entstanden langsam ein offizieller und ein ganz geheimer Dr. Brüggner. Die Probanden hatten mit den Untersuchungen keine Probleme, denn ihnen wurde sozusagen nur ein Traum eingegeben, in dem sie in ihrem Leben immer weiter zeitlich zurückgingen, bis zur Geburt. Das reichte Dr. Brüggner natürlich bei weitem nicht, denn da waren ja noch die über 13 Milliarden Jahre bis zum Urknall. Und was war davor? Probanden fanden sich genug, jeder wollte dabei sein, wenn die Weltformel gefunden werden würde.

Roswell was yesterday

The brain researcher Dr. Berthold Brüggner has been working for over thirty-five years on the realization of his thesis that everything, really everything, is stored in our brains. What did he mean by "everything"? Everything that happened before and after the big bang, the Big Bang, where we're from, where we're going, who we were, who we are and who we will be. He developed machines to which he joined his subjects. He gave lectures. He was extremely promoted by his government, because this world formula meant power and influence. But Dr. Brüggner secretly wanted to make this door accessible to all people, too. But for now, he was glad that he was supported so boundlessly. And so slowly an official and a very secret Dr. Brüggner. The subjects had no problems with the examinations, because they were just entered a dream, so to speak, in which they went back in their lives time and time, until birth. That was enough Dr. Brüggner of course not by far, because there were still over 13 billion years to the Big Bang. And what was it? Subjects found enough, everyone wanted to be there, if the world formula would be found.

Was wusste man bis dahin? Nun, dass Menschen etwa knapp 90 Milliarden Nervenzellen, also Neuronen, haben. Diese sind mit etwa 100 Billionen Synapsen miteinander verbunden. Grob gesagt kommuniziert also 1 Neuron mit 1000 seiner Kollegen. Dr. Brüggner wollte nun die Informationen, die in diesen Nervenzellen vorhanden sind, herauskitzeln. Natürlich wollte keiner der Probanden ein Loch in seinem Kopf akzeptieren. Somit veröffentlichte Dr. Brüggner der Öffentlichkeit und den Geldgebern etwas mehr an Informationen. Niemand bemerkte, dass unter seinem Toupet Anschlüsse zu seinem Gehirn waren. Die bohrte er sich selbst. So konnte er die Neuronen in ihrer rosa Farbe erkennen und auf alle Funktionen und Verbindungen zugreifen. Er wusste also bei weitem mehr, als er zugab. Bei seinen weiteren Experimenten stellte er fest, dass die Neuronen immer wieder bestimmte Signale ausgesendet haben, die zwar von den Synapsen weitergeleitet wurden, aber andere Neuronen blockierten einfach diese Informationen. Dr. Brüggner taufte diese Schwingungssignale die „Brüggner-Signale". Er ahnte, dass sie entweder zum Schutz des Gehirns dienten oder einfach nur abgestumpft waren. Schließlich nutzen wir nie die große Kapazität unserer Gehirne. Ein Computer arbeitete viel effizienter.

What did you know until then? Well, that humans have about 90 billion nerve cells, so neurons. These are interconnected with about 100 trillion synapses. Roughly speaking, 1 neuron communicates with 1,000 of its colleagues. Dr. Brüggner now wanted to tickle out the information that exists in these nerve cells. Of course, none of the subjects wanted to accept a hole in his head. Thus, Dr. Brüggner the public and the lenders a bit more information. No one noticed that there were connections to his brain under his toupee. He bored himself. So he could see the neurons in their pink color and access all the functions and connections. He knew so much more than he admitted. In his further experiments, he found that the neurons repeatedly sent out certain signals that were passed on from the synapses, but other neurons simply blocked this information. Dr. Brüggner christened these vibration signals the "Brüggner signals". He guessed that they were either for the protection of the brain or just dulled. After all, we never use the great capacity of our brains. A computer worked much more efficiently.

Immer wieder schloss sich Dr. Brüggner an seinen Supercomputer an. Er saß dabei in seinem Behandlungsstuhl und konnte mit den Joysticks in seinem Gehirn arbeiten. Verschiedene Substanzen träufelte er sich ein, sie sollten Nervenzellen täuschen, um so die Brüggner-Signale durchzulassen. Die Farbe der Neuronen veränderte sich dabei in ein kräftiges Rot. Auf dem Computerbildschirm konnte Dr. Brüggner sein eigenes Leben bis zur Geburt sehen und aufzeichnen. Je mehr er diese Flüssigkeit einträufelte, umso mehr sah der Doktor etwas auf dem Bildschirm, was er nicht verstand. Jetzt erarbeitete sein Freund und Computerspezialist eine neue Software. Die Regierung war schon sehr zufrieden und die Öffentlichkeit staunte, dass nun mittlerweile alle Probanden eine Dokumentation bis zu ihrer Geburt erhielten – und das auf DVD. Der Tag kam, an dem Dr. Brüggner mehr wagte. Er stimulierte die Nervenzellen mit elektrischem Strom, leitete Informationen in den Synapsen um und träufelte sich eine stärkere Dosis seiner Substanz ein. Dr. Brüggner war allein. Gespannt schaute er auf seinen Monitor. Der kleinere Monitor zeigte seine mittlerweile tiefroten Neuronen. Auf dem großen Monitor sah er sein Leben. Plötzlich wurden die von ihm entdeckten Brüggner-Signale zu anderen Neuronen durchgelassen.

Again and again Dr. Brüggner to his supercomputer. He sat in his chair and could work with the joysticks in his brain. He drank in various substances, they were to deceive nerve cells, so as to let the Brüggner signals. The color of the neurons changed to a strong red. Brüggner see and record his own life until his birth. The more he instilled this fluid, the more the doctor saw something on the screen, something he did not understand. Now his friend and computer specialist developed a new software. The government was already very satisfied and the public was amazed that now all subjects were given documentation until their birth - and on DVD. The day came when Dr. Brugesner dared more. He stimulated the nerve cells with electrical current, diverted information into the synapses and dripped a stronger dose of its substance. Dr. Bruggen was alone. He looked anxiously at his monitor. The smaller monitor showed his now deep red neurons. He saw his life on the big screen. Suddenly, the Brüggner signals he discovered were transmitted to other neurons.

Seine Herzfrequenz stieg stark, der Blutdruck erhöhte sich drastisch, das Gehirn brauchte mehr Energie, wesentlich mehr Energie. Auf dem Bildschirm sah Brüggner seine Geburt, seine Entstehung, Freude hatten seine Eltern dabei. Er sah sich selbst als Energie, er sah das Universum kleiner werden, er sah, dass es zu einem Punkt zusammenschrumpfte, es lief alles zurück bis an den Anfang von allem. Jetzt gleich sehe ich, woher wir kommen, was vor dem Urknall war! Der Blutdruck stieg und stieg. Das Herz pumpte und pumpte. Die Neuronen wurden schwarz-rot. Es war kaum auszuhalten. Jetzt, jetzt gleich, das Universum ist nur noch stecknadelgroß … Dr. Brüggners Kopf und Körper zerplatzten. Überall war Blut. Überall waren Körperteile. Es hatte eben doch seine Richtigkeit, wenn einige Bereiche in unserem Gehirn nicht freigelegt wurden, wir verkraften diese Datenflut einfach nicht. Wir sollten im Hier und Jetzt leben und unser Dasein genießen, alles andere wird morgen kommen. Die Regierung hielt die DVD unter Verschluss und schwieg. Na, das kennen wir ja schon von Roswell.

His heart rate rose sharply, the blood pressure increased dramatically, the brain needed more energy, much more energy. On the screen, Brüggner saw his birth, his origins and his parents' joy. He saw himself as energy, he saw the universe shrinking, he saw that it shrunk to a point, everything went back to the beginning of everything. Right now I can see where we come from, what was before the big bang! The blood pressure rose and rose. The heart pumped and pumped. The neurons became black-red. It was unbearable. Now, right now, the universe is just a pin size ... Dr. Brüggner's head and body burst. There was blood everywhere. There were body parts everywhere. It was just right, if some areas in our brain were not exposed, we just can not cope with this flood of data. We should live in the here and now and enjoy our existence, everything else will come tomorrow. The government kept the DVD under wraps and remained silent. Well, we already know that from Roswell.

Der Sichelmörder Teil 3

Das Blut des Mörders zusammen mit der Mördersichel wurde zuletzt in New York City, im Police Museum, ausgestellt.

Wir befinden uns nun im Jahr 2019, dass dieses spezielle Museum streng bewacht wird, kann man sich ja denken. Täglich belagern viele Neugierige die Vitrinen im Kriminal-Museum. Nichts gerät hier außer Kontrolle. Bis jetzt.

Das Blut klebte noch an der Sichel. Trotzdem strahlte sie in stolzem Glanz, als wenn sie eine Seele hätte. Die Vitrine war versiegelt und mit dickem Panzerglas versehen. Niemand hätte sie unbemerkt entwenden können.

Carmen Miller kam mit ihren zwei erwachsenen Söhnen. Die jungen Männer studierten Kriminologie und wollten sich auf diese Weise einen kleinen Einblick in diese Welt verschaffen. Carmen stand vor dem Glaskasten und bewunderte die Schönheit der Sense, die trotz ihres hohen Alters noch einen makellosen Goldüberzug besaß. Dass sie mit dunklem, getrocknetem Blut verschmiert war, sah Carmen nicht direkt. Je länger sie dieses Objekt betrachtete, umso mehr verspürte sie den unwiderstehlichen Drang zu morden. Sie schüttelte sich. Nein, das durfte und konnte nicht sein. Diese Gedanken wollte sie schnell wieder loswerden.

The sickle killer part 3

The murderer's blood along with the killer's sickle was last exhibited in New York City's Police Museum.

We are now in 2019, that this special museum is strictly guarded, you can imagine. Every day many curious people besiege the showcases in the Crime Museum. Nothing gets out of hand here. Until now.

The blood was still stuck to the sickle. Nevertheless, she shone in proud splendor, as if she had a soul. The display cabinet was sealed and covered with thick bulletproof glass. Nobody could have stolen them unnoticed.

Carmen Miller came with her two grown sons. The young men studied criminology and wanted to get a little insight into this world in this way. Carmen stood in front of the glass case admiring the beauty of the scythe, which, despite its old age, still had a flawless gold plating. That she was smeared with dark, dried blood, Carmen did not see directly. The longer she studied this object, the more she felt the irresistible urge to murder. She shook herself. No, that could not and could not be. She wanted to get rid of these thoughts quickly.

Carmen war eine biedere Hausfrau, die alles für ihre Söhne tun würde. Als sie damals von ihrem Mann verlassen wurde, waren die Söhne noch klein und sie erzog sie ganz alleine. Alles tat sie, damit es ihnen gut ging. Es wurde schon dunkel als sie mit ihren Söhnen das Museum verließ.

Jeden Abend um die gleiche Zeit, fand ein Kontrollgang durch das Museum statt. Jack Braun blieb plötzlich vor der leeren Vitrine stehen. Er traute seinen Augen nicht. Die blutige Sichel war aus dem gesicherten Glaskasten verschwunden, ohne eine Spur des Einbruchs zu hinterlassen. Es wurde unheimlich still, keiner der Beamten wagte sich etwas zu sagen. Obwohl Jack Braun ein stattlicher, kräftiger Mann war, lief ihm die Angst eiskalt den Rücken herunter. Seinem Kollegen Joseph Miller ging es nicht anders. Die Männer machten Meldung, und innerhalb von Minuten war die Polizei vor Ort. Es wurde vermutet, dass hier nur eine unsichtbare, dämonische Kraft so etwas bewerkstelligen konnte.

Carmen Miller schaute in den Spiegel ihrer Kommode. Nein, sie war nicht sie selbst. Sie merkte, dass mit ihr eine Veränderung stattfand. Die einst so mädchenhaften, zarten Gesichtszüge waren verschwunden. Sie fürchtete sich vor ihrem eigenen Spiegelbild. Je länger Carmen sich betrachtete umso bösartiger wurde ihr Blick.

Carmen was a staid housewife who would do anything for her sons. When she was abandoned by her husband at that time, the sons were still small and she raised them all alone. Everything she did to make them feel well. It was already dark when she left the museum with her sons.

Every evening at the same time, a tour of the museum took place. Jack Braun suddenly stopped in front of the empty display case. He could not believe his eyes. The bloody sickle had disappeared from the secure glass case, leaving no trace of the burglary. It was incredibly quiet, none of the officials dared to say something. Although Jack Braun was a handsome, strong man, his fear ran coldly down his spine. His colleague Joseph Miller was no different. The men reported, and within minutes the police were on the scene. It has been suggested that only an invisible, demonic force could accomplish this.

Carmen Miller looked in the mirror of her dresser. No, she was not herself. She realized that there was a change with her. The once-girly, delicate features had disappeared. She was afraid of her own reflection. The longer Carmen looked at herself, the more vicious her eyes became.

Es war nicht nur das Gesicht, welches sich verändert hatte. Die ganze Gestalt der einst hübschen Frau sah einfach zum fürchten aus. Sie trug ein langes, schwarzes Gewand und ihren gesamten Kopf verbarg sie unter einem langen, schwarzen Schleier. Die Horror- Sichel hatte es wieder geschafft, sich einen Handlanger auszusuchen.

Ein paar Tage später schlich sich Carmen zum Hintereingang des New York City Theaters. Es war schon recht spät, die letzte Vorstellung lief. Es herrschte andächtige Stille. Der Dämon, der von Carmen Besitz ergriffen hatte, setzte sich in die obere Reihe des Theaters. Carmen zog die schwere, goldene Sichel hervor und schlug blitzschnell den Menschen, die eine Reihe vor ihr saßen, die Köpfe ab. Die besessene Frau ergötzte sich an dem Blut, welches unaufhaltsam auf den dicken Teppich des Theaters floss. Sie leckte daran bevor sie ihren Körper damit einrieb. Carmen verschwand ungesehen in der Dunkelheit der Nacht. Niemand ihrer sonst so neugierigen Nachbarn bemerkte, dass sie die Tür ihres Hauses aufschloss und lautlos dahinter verschwand. Sie fiel vollkommen erschöpft auf ihr Bett und irgendwann in der Nacht verließ der Dämon ihren Körper. Sie wachte in Blut gebadet auf. Alles klebte und stank nach geronnenem Blut. Carmen musste sich übergeben. Es kam ihr vor wie ein grausiger Alptraum.

It was not just the face that had changed. The whole figure of the once pretty woman looked just to be afraid. She wore a long, black robe and her entire head hid her under a long, black veil. The horror sickle had managed to pick a henchman again.

A few days later Carmen sneaked to the back door of the New York City Theater. It was already late, the last performance was on. There was reverent silence. The demon, who had taken possession of Carmen, sat down in the top row of the theater. Carmen pulled out the heavy, golden sickle and quickly slashed the heads of people sitting in front of her. The obsessed woman enjoyed the blood that was pouring unstoppably on the thick carpet of the theater. She licked it before rubbing her body with it. Carmen disappeared unseen in the darkness of the night. None of her otherwise so curious neighbors noticed that she unlocked the door of her house and disappeared silently behind it. She fell exhausted on her bed and sometime in the night the demon left her body. She woke up bathed in blood. Everything was sticking and stinking of clotted blood. Carmen had to vomit. It felt like a horrible nightmare.

Nur, wo kam diese Blut in ihrem Bett her? Hatte sie sich etwa verletzt? So krampfhaft sie auch versuchte, sich zu erinnern, es gelang ihr.

Um 23 Uhr, sobald die Dunkelheit sich über die Stadt gelegt hatte, wurde es ruhig und man sah nur wenige Menschen. Schlecht beleuchtete Nebenstraßen waren gewiss auch daran schuld. Gerade in dieser Gegend mied man es, bei Dunkelheit hier zu sein.

Carmens Gestalt war komplett in Schwarz gehüllt und verdeckte ihren Körper ganz. Ein Paar und eine junge Frau gingen angeheitert auf die Haustür eines Mietshauses zu. Gerade als sie aufschließen wollten geschah es. Mit grunzenden und kreischenden Geräuschen sprang Carmen hervor. Der Speichel lief ihr aus den Mundwinkeln. Die zierliche Frau hob die schwere Sichel und schlug mit einem geraden Schnitt den drei Menschen die Köpfe ab. Als wenn das nicht schon genug wäre, trennte sie den Leuten noch Beine und Arme ab. Blut floss über den Asphalt. Die Körper bluteten völlig aus. Carmen bückte sich und griff mit den Fingern Blut. Sie leckte ihre Finger, es war absurd.

Immer noch waren die Nebenstraßen wie ausgestorben und niemand bemerkte etwas.

Only where did this blood come from in her bed? Did she hurt herself? As frantically as she tried to remember, she succeeded.

At 11 pm, as soon as the darkness had settled on the city, it became quiet and you saw only a few people. Badly lit back roads were certainly to blame. Especially in this area avoided to be here in the dark.

Carmen's figure was completely wrapped in black and covered her body completely. A couple and a young woman went to the front door of a tenement in an irritated way. Just when they wanted to unlock it happened. With grunting and screaming sounds Carmen jumped out. The saliva ran from the corners of her mouth. The petite woman raised the heavy sickle and cut off the heads with a straight cut. As if that was not enough, she separated people's legs and arms. Blood flowed over the asphalt. The bodies bleeding completely. Carmen bent down and reached for blood with her fingers. She licked her fingers, it was absurd.

Still the back roads were deserted and no one noticed.

Carmen kniete sich jetzt. Jetzt trank sie das Blut und rieb sich hinterher noch ihren Körper damit ein. Der Blutrausch schien kein Ende zu nehmen.

Die Sichel war wieder verschwunden und eine zierliche Frau, in Schwarz gekleidet, lief davon. Carmen betrat ihr Haus. Auch dieses Mal bemerkte sie niemand. Sie legte sich ins Bett, ohne sich vorher zu waschen und schlief bis zum anderen Tag durch.

Als die Leichen am folgenden Morgen gefunden wurden, lag ein entscheidendes Beweisstück daneben. Carmen trug immer ein Medaillon um ihren Hals, in dem alle wichtigen Daten zu ihrer Person eingetragen waren. Die Söhne wollten es so, falls ihr einmal etwas zustoßen würde. Es war jetzt sehr hilfreich, nur auf eine andere Weise. Die Polizisten klingelten und Carmen öffnete blutverschmiert die Tür. Die Sichel war wieder in ihrer Hand. Mit einem sauberen Schnitt, fiel der Kopf des klingelnden Polizisten auf den Boden. Carmen hatte vollkommen die Gesichtszüge eines Menschen verloren. Sie besaß eine grausame Horrorfratze und Blut lief an ihren Mundwinkeln herunter. Die einst so unschuldige biedere Frau und Mutter wurde vollkommen vom Geist der Mördersichel erfasst und tat nur noch das, was die Sichel wollte. Der zweite Beamte war geschockt. Carmen holte wieder aus. Der Beamte hob seinen linken Arm zur Verteidigung. Der Unterarm wurde abgetrennt. Er merkte es nicht, er verspührte keinen Schmerz.

Carmen knelt down now. Now she drank the blood and afterwards rubbed her body with it. The bloodlust seemed endless.

The sickle had disappeared again and a petite woman, dressed in black, ran away. Carmen entered her house. Again, nobody noticed her. She went to bed without washing and slept until the next day.

When the bodies were found the following morning, one crucial piece of evidence was missing. Carmen always wore a medallion around her neck that contained all the important personal information about her person. The sons wanted it that way, in case something happened to them. It was very helpful now, just in a different way. The police rang the doorbell and Carmen opened the door, bloodstained. The sickle was in her hands again. With a clean cut, the head of the ringing policeman fell to the ground. Carmen had completely lost the features of a human. She had a cruel horror-frenzy and blood ran down the corners of her mouth. The once so innocent, honest woman and mother was completely captured by the spirit of the murderer's sickle and did only what the sickle wanted. The second officer was shocked. Carmen pulled out again. The officer raised his left arm in defense. The forearm was severed. He did not notice, he felt no pain.

Mit der rechten Hand griff er nach seiner Pistole Glock 19. Noch während Carmen wieder ausholte, schoss der Polizist das volle Magazin leer.

Das Aufräumkomando brachte die Sichel des Todes wieder in das New York City Police Museum. Sie wurde nicht mehr ausgestellt. Im Keller wurde sie eingelagert. Der Schlüssel wurde dem FBI übergeben.

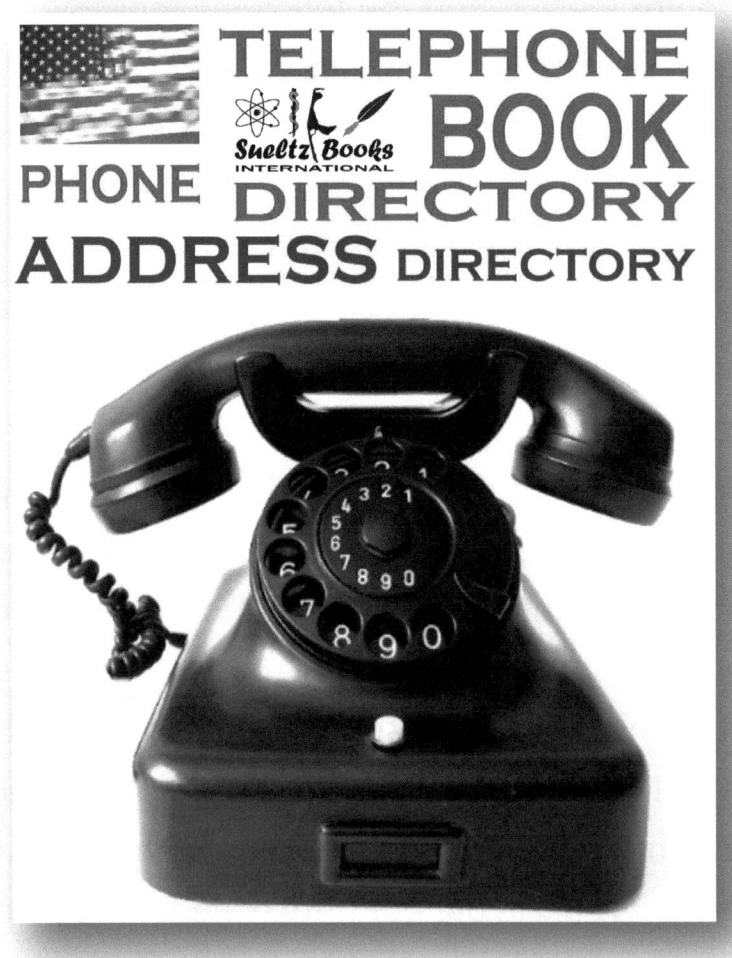

He grabbed his Glock 19 pistol with his right hand. While Carmen was retrieving, the policeman shot the magazine empty.

The cleanup team brought the sickle of death back to the New York City Police Museum. It was not issued anymore. It was stored in the cellar. The key was handed over to the FBI.

Notizbuch für FERRARI Fahrer

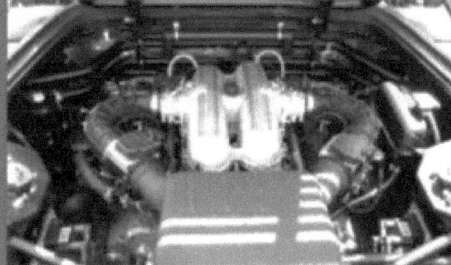

AUF DER SUCHE WAS VOR DEM URKNALL WAR

MISSION X

11 WEITERE SCIENCE FICTION ALS ZUGABE